桂岳诗派 王先霈/主编

每一次告别都是阳关三叠

◎张执浩 著

华中师范大学出版社

新出图证(鄂)字 10 号
图书在版编目(CIP)数据

每一次告别都是阳关三叠 / 张执浩著. -- 武汉：华中师范大学出版社，2024.12. -- (桂岳诗派 / 王先霈主编). -- ISBN 978-7-5769-0615-8
Ⅰ.I227
中国国家版本馆 CIP 数据核字第 2024U4V251 号

每一次告别都是阳关三叠
MEIYICI GAOBIE DOUSHI YANGGUAN SANDIE
ⓒ 张执浩　著

责任编辑:张怀东	责任校对:王　炜
封面设计:罗明波	
编辑室:学术出版分社	电话:027-67863220

出版发行:华中师范大学出版社有限责任公司
社址:湖北省武汉市洪山区珞喻路 152 号　邮编:430079
销售电话:027-67863426(发行部)
网址:http://press.ccnu.edu.cn
电子信箱:press@mail.ccnu.edu.cn

印刷:武汉精一佳印刷有限公司	督印:刘　敏
开本:880mm×1230mm　1/32	总印张:98.125
版次:2024 年 12 月第 1 版	印次:2024 年 12 月第 1 次印刷
总字数:1950 千字	总定价:898.00 元(全十二册)

欢迎上网查询、购书

敬告读者:欢迎举报盗版,请打举报电话 027-67867353
ISBN 978-7-5769-0615-8

《桂岳诗派》编委会

主　编　王先霈
顾　问　蔡红生
主　任　秦　恒　付义朝
副主任　钟文锐
成　员　李　晶　谢　琴　魏耀武
　　　　周　义　宋汉涛　沈　思
　　　　任梦璐

前　　言

　　校园诗人历来是当代中国文学的一支劲旅。从桂子山走出去、现已故去的知名诗人，新体诗有光未然、曾卓、董宏猷等，旧体诗有陶军、黄弗同、佘斯大等。目前活跃在诗坛上的则更多。

　　华中师范大学党委宣传部和出版社从校园文化建设的角度出发，策划出版《桂岳诗派》一书。华中师范大学出版社于1997年到2011年曾陆续出版过名为"桂岳书系"的系列丛书。该丛书编辑出版的目的在于"从根本上强化学校的建设，使高等学校稳稳地站立在文化的峰顶"。因此，这次策划出版《桂岳诗派》，在拟定选题名称上也借鉴了"桂岳"之名。

　　本套书在入选诗人的标准方面，经过多次讨论，最后确定的原则是：其一，只选目前健在的诗人；其二，以中青年诗人为主体，部分年长的诗人只要创作仍然活跃，亦可选入；其三，既可以选新体诗人，也可以选旧体诗人；其四，以华中师范大学校友出身的诗人为主体。秉承上述原则，刘益善、谢克强、李少君、张执浩、李强、余仲廉、邹惟山、段维、姚泉名、胡均华、剑男、易飞的优秀诗作入选《桂岳诗派》。12位诗人中有10位为华中师范大学校友，个别诗人虽未曾在桂子山求学、任教，但长期关注、支持华中师范大学诗教工作，高度认可"桂岳诗派"，为展现华中师范大学诗教工作既立足桂子山，又走出桂子山的博大和开放理念，我们也谨慎将之选入。

从入选的 12 名诗人的诗体来看，新体诗人占了 9 位，旧体诗人只占 3 位。这与当下新体诗的"强势地位"是吻合的。但新旧体诗从来不应该对立，而应该相互借鉴、相融共生。从诗歌的源头来看，旧体诗是新体诗的源头。新体诗在"五四"时期才从旧体诗的母体中分娩出来，自立门户。旧体诗有 2500 多年的历史，而新体诗的历史不过百年。现在就说新体诗一定会比旧体诗有前途，恐怕太过武断。新体诗还在不断嬗变中，将来走向何方谁也说不清楚。但可以肯定的是旧体诗不可能消亡，它会在不同时代因融入时代特色而卓然生辉。当然，新体诗完全可以从旧体诗中吸收有益的营养，发挥旧体诗所不具备的相对自由表达的优长，不断地去完善自己。从历史上来看，那些著名的新体诗的倡导者如胡适、闻一多、何其芳等，其旧体诗功底都极为深厚；而像徐志摩、戴望舒、余光中、郑愁予等，其新体诗中都充盈着旧体诗的元素。

刘益善从华中师范大学毕业后，长期在文艺单位工作，曾任湖北省作协副主席和《长江文艺》杂志社社长、主编，培养过众多的作家和诗人。他的《翠柳街》主要是对当下日常生活的思考，遥远乡村岁月的记忆，浩浩长江上的感悟，革命年代人事的叙写，是一种多声部的合唱。作者用朴实晓畅的诗句，书写了城市繁华中那留在小街的乡愁，乡村振兴后那遗留在一隅的旧屋，那挂在奔腾的万里长江江面的夕阳，大别山里的一响而聚众四十八万的铜锣，民主人士的最后演讲，深藏功名六十五载的老兵。诗里有长吟、有短咏，充满了激情和深情，有不绝如缕的思恋。

谢克强是一位相当活跃的诗人，曾任湖北省作家协会驻会副主席、《长江文艺》副主编、《中国诗歌》执行主编，对于作家和诗人而言也是一位知名的伯乐。他的诗集《风从故乡来》所收作品主要是其近期所作，无论是故乡的风、父亲的土地、母亲的炊烟、儿时的往事，还是阔别多年重回故土的万千感怀，都使诗人将乡情乡愁作了一番诗意的诠释。这种诠释已不再是乡情乡愁，而是一种根的哲学、一种人生与命运的诠释。诗人以质朴的语言、真挚的情感、不凡的构思，将实与虚巧妙结合，更将具象升华为意象，不仅营造出诗的情感境界，也使诗作获得美的意蕴，因而既给人以思想启迪，又给人以审美愉悦。

李少君曾任《天涯》杂志主编，现为《诗刊》主编，不少新体诗人视其为"掌门人"。《心学集》是他二十多年来的诗歌结集。二十多年来，他从天涯海角到京城，从祖国大地到世界各地，以诗为证，描述所见所闻，记录生活印迹，抒发内心情感，留下思考感悟。他遵循的诗歌原则是：诗歌是一种心学，诗歌更是一种情学，诗歌应该为世界提供意义；在勤奋开拓和孜孜劳作中，在人与诗的互证中，可以诗意地栖居在世界之上。

张执浩是一位新锐诗人，现为湖北省作协副主席、武汉市文联文学院院长，曾获第七届鲁迅文学奖。《每一次告别都是阳关三叠》收录他21世纪以来创作的自己比较喜欢的作品,侧重于呈现日常生活中的情感面貌,在对亲情、友情、爱情的书写中,呈现出诗人成熟浑厚的语言技艺,展现出轻言细语、委婉随性的美学质地,并由此形成了诗人"目击成诗,脱口而出"的诗歌风格。

李强是一位公务员出身的诗人,据说其爱诗成癖,真的到了看淡名利的境界。其诗集《武汉来了》分为上下两辑。上辑写"第一家乡"红色苏区龙港,下辑写"第二家乡"英雄城市武汉,这几乎囊括了作者全部的人生。写龙港的纯粹一些,作者梦回童年、少年,看山水草木、人情世故,如一首美丽的乡村咏叹调。写武汉的丰富一些,诗人从17岁开始读书工作于此,任职于省、市、区三级党政机关,以及大专院校、国有企业,对武汉的感受是整体的,又是具体的,他的诗如一首英雄城市进行曲。

余仲廉是一位知名的慈善家,他创建的博昊基金会已资助贫困大学生两千多人。他也是一位颇有名气的文化人,在哲学、美学、书法和书法评论等方面均有相当深厚的造诣。他经历丰富、爱好广泛,写诗可能只是"余事",却出版了十几本诗集。他的诗集《我的所有》收录了其近年来创作的部分新诗,题材与内容很丰富,风格也十分鲜明。他以哲学思考着眼于存在,以哲学思维投注于生活,将身处世界、社会的所见所闻和所感所思以及对人生、自然、历史与文化等问题的思考转化成诗。因此,他的诗歌有着独特的思想感悟、深刻的人生哲理,不仅内在的思想相当突出,而且外在的感性也得到了保存,诗与思比较好地融合在了一起。

邹惟山是华中师范大学文学院的教授,以文学地理学研究和十四行组诗写作见长,曾任《中国诗歌》副主编、《外国文学研究》副主编、《世界文学评论》主编。他至少属于教学、科研、创作三栖人才。他于诗新旧兼修,又力图在形式上有所创新。《桂岳集》是他开始无韵自由体创作之后的第一部诗集,收录了他最近三年的部分诗作,大致以编年体的方式呈现。这些作品主要表现了他在行旅中的所见所闻,但并不限于目之所及和耳之所闻,而是可以由此及彼、由表及里,抒发了他对世界大局与中国命运的思考,以及对于人生意义与自然存在的探索,具有一定的深度与广度,同时也富于诗情与画意。

段维在华中师范大学出版社做了 30 年编辑,任副总编、总编近 20 年,后来改做党务工作,现为中华诗词学会乡村诗词工作委员会主任、湖北省中华诗词学会会长。他的本科、硕士以及博士学的都是政治学,但不少人最初以为他是学中文的。其诗集《一生知己是文章》收录了其在 2021 年 1 月—2024 年 5 月间创作的旧体诗词作品。他称自己的创作题材大致有三类,简称"三园",即"故园""校园"和"政园"(时政诗)。他是一个有着明确目标追求的旧体诗人和诗学研究者,在守正创新方面取得了较好的平衡。他的时政诗一开始主要采用七律体裁,探讨意指的多重性和句式的多样性,后来这种风格也渗透到其他题材之中,被诗评界称为"不言体"(段维字不言)。而在词的创作方面,他又尽量保持词之要眇宜修的本性,尤其是小令还保留着花间词的气息，长调则呈现豪放与婉约兼具的特征。他的故园诗词，对父亲的书写别具一格，这是其他旧体诗人很少涉足的题材。他对校园诗词有着自己的定义，认为校园诗人所写的诗词并非一定就是校园诗词，而是只有写出了校园特色的诗词才是校园诗词。他写的学生宿舍搬家、学生晒被子、学生云上毕业论文答辩、校园防疫等题材，无不深入师生的个性生活之中。

姚泉名早年从事语文教学，现任中华诗词学会乡村诗词工作委员会副主任兼秘书长、湖北省荆门聂绀弩诗词研究基金会代理事长，可谓是专业的旧体诗人了。其诗集《掬来一捧手如蓝》收录了其在2010—2023年间创作的诗词作品400余首，在"雅正出奇，求正创新"的理念下，他以传统诗词抒写古今之事、感发天地之音。其笔下的人事景物，无不是其在游历过程中对历史的追索、对时空的叩问、对禅道的妙悟、对山水的感知、对民情的回放、对风俗的描绘、对朋友的酬唱、对世事的体会。他的作品创造性地融合古今元素，恰如其分地将当代思维与时代语言揉入古典诗词创作中，既展现了传统诗词的古雅之美，又呈现了当代格律诗词的活力。

胡均华曾经当过语文教师，当过公务员，也曾下海经商，经历丰富，现任湖北省中华诗词学会副会长兼秘书长。其诗集《云水禅音细细吟》收录了其在2015—2024年间创作的诗词作品400余首。他秉承"写真生活，发真性情"的创作理念，多取材于现实生活，从所闻、所历、所感的日常过往中生发诗意，既见家国情怀，亦具市井烟火气息。

其在艺术表达上追求情景相生、清新自然的风格，注重对中华诗词经典作品章法、技法的精研考究，并应用于指导当今诗词创作实践，倡导并践行传承与创新并行、读与写结合、入情入境的诗词创作方式。描绘诗意的生活，表达生活的诗意，是《云水禅音细细吟》所刻意追求和努力呈现的。

剑男在华中师范大学文学院当过刊物编辑和教师，是一位低调而勤奋的诗人，作品曾获丁玲文学奖、湖北文学奖。其诗集《万物都有一个安静的去处》收录了其在2015—2024年间创作的诗歌作品200余首。该诗集聚焦诗人故乡幕阜山的自然山水和风土人情，以及生存于其间的父老乡亲们艰辛而淳朴的乡村生活，集中展现了诗人渴望通过诗歌重建人与自然关系的写作理想。剑男的诗歌注重人对自然的深度介入，既有精神的高蹈，也有对生活现场的热情灌注。故乡的一草一木在诗人笔下回归自身，自然和人作为本体被再次发现，在对朴素生活的观察中渗透着深刻的思考。

易飞早年在报社做过记者，后来在杂志社做过总编，兼写长篇小说，近几年转为新体诗创作与评论。据他自己说"算是找到了感觉"。其诗集《傍晚下起了阵雨》是其2020年回归诗歌后的作品结集。其诗作题材丰富，风格不断变化，饱含热情、勤勉和朴诚的精神，引起诗坛关注。其诗艺渐至精妙，且日臻浑圆，不断有佳作出现。特别是其"亲人系列"作品，情感深沉，含义幽微，别开生面，余味厚重。他近年开启"易飞掰诗"评论系列，精读文本，从一个写手的角度直言自身感受，其庄敬、实诚、直接的论诗风格为人所称道。

以上只是对 12 位诗人的作品进行一种浮光掠影式的浏览，旨在为读者勾勒出"桂岳诗派"的总体形象：每一位入选者都有自己的特色，集合在一起会爆发出巨大的能量。武汉大学有"珞珈诗派"，10 年前就树起了旗帜，影响不小。后起的"桂岳诗派"能否向"珞珈诗派"看齐，或者形成"比学赶帮超"的态势，则取决于华中师范大学诗人群体的共同努力。当下我国诗坛的诗派不是太多，而是太少，为什么不可以在学校提出建立"桂子学派"的同时，也建立一个影响广泛的"桂岳诗派"呢？同时，也希望我们的每一所重要的大学，都能结合自己的优势和特色，在这方面做出一个或多个样板来。

2024 年 6 月 28 日

目　　录

第一辑　星星索引

与父亲同眠 / 003

秋日即景 / 004

神马 / 005

动物之心——给顶儿 / 006

度量 / 007

从音乐学院到实验中学 / 008

如果根茎能说话 / 009

冬青树 / 010

日落之后 / 011

星星索引 / 012

深筒胶鞋 / 013

暮色中 / 014

春日望乡 / 015

姐姐 / 016

你把淘米水倒哪儿去了 / 017

补丁颂 / 018

中午吃什么 / 019

开花 / 020

丘陵之爱 / 021

我陪江水走过一程 / 022

阳光真好 / 023

答枕边人，兼致新年 / 024

大雪进山 / 025

奔丧之路 / 026

祭父诗 / 027

每家都有上山的人 / 028

夜晚的习惯 / 029

停止生长的脚 / 030

有一次 / 031

南瓜诗 / 032

草木灰 / 033

烟花表演 / 034

咏春调 / 035

樟脑丸 / 036

暮色四合之地 / 037

尺度 / 038

我的梦 / 039

后视镜 / 040

古老的雨滴 / 041

无题 / 042

地球上的宅基地 / 043

外婆的路 / 045

在寒夜 / 045

春雨中 / 047

比手 / 048

止水 / 049

今日立春 / 050

每一次告别都是阳关三叠 / 051

母亲在吃头痛粉 / 052

监控幸福 / 053

畅享美好生活 / 054

落日的执念 / 056

给张德清迁坟 / 057

元月八日 / 058

不咏物 / 059

真空吸尘器 / 060

婴儿的词汇 / 061

人民币上的风景 / 062

庭院深深 / 063

第二辑　像样的爱情

高原上的野花 / 067

小魔障 / 067

终结者 / 068

我还是喜欢你明亮的样子 / 069

今天开白花——给易羊 / 070

什么是走兽，什么是飞禽 / 071

观尼亚加拉大瀑布 / 072

萤火虫研究 / 073

雨夹雪 / 074

这里需要上帝 / 075

对她说 / 076

秋葵 / 077

忍冬 / 078

树上的爱情 / 079

我的土豆树——给易羊 / 080

墙边草 / 081

春风十三行 / 081

最好的诗——给小话 / 082

植物之爱 / 083

和婴儿说话的人 / 084

自画像 / 085

被词语找到的人 / 086

当我们谈论爱情时 / 087

河流拐弯的地方 / 088

荷叶上的青蛙 / 089

认领 / 090

唯愿 / 091

把手伸进别人的兜里 / 092

手机里的菩萨 / 092

会笑的人已经不多了 / 093

像样的爱情 / 094

抱树 / 095

掰手腕 / 096

在雨天睡觉 / 097

玫瑰与月季 / 098

自行车的故事 / 099

红桦树 / 100

又见地平线 / 101

无题 / 102

借来的诗 / 102

给羊羔拍照 / 104

汉阳门的春天 / 105

捉光的人 / 106

取悦 / 107

又一个早晨 / 108

什么是爱情,什么是不幸 / 109

去墓地谈恋爱 / 110

第三辑　油炸荷花

闻冥王星被排除在大行星之外有感 / 115

老伙计 / 116

减压阀 / 117

小实验 / 118

蘑菇说,木耳听 / 119

仿《枕草子》/ 120

彩虹出现的时候 / 121

欢迎来到岩子河 / 122

有些悲哀你不能克服 / 123

无题 / 124

纪实 / 124

翠鸟的一天 / 125

树下听雨 / 126

垂向地面的枝条 / 127

过道 / 127

找信号的人 / 128

昨天晚上到底有没有下过雨 / 129

放生池 / 130

当花旦年事已高 / 131

拍星空的人 / 132

写诗是…… / 133

白芝麻，黑芝麻 / 134

左对齐 / 134

滚铁环 / 135

一杆秤 / 136

树叶走路的声音 / 137

给自己的新春祝词 / 138

抓一把硬币逛菜市 / 139

空欢喜 / 140

数花瓣 / 141

同类的忧伤 / 142

风吹树叶的声音 / 143

油炸荷花 / 144

万古烧 / 145

跳出油锅的鱼 / 146

作物的秘密 / 147

交谈 / 147

冰箱贴 / 148

来访者 / 150

钨丝的战栗 / 150

在景迈山深处仰望星空 / 151

菩提 / 152

论雨 / 153

下一位 / 155

缸中莲 / 156

松绑 / 157

甘蓝 / 158

转述 / 159

我陪江水再走一程 / 160

崖柏龟 / 161

如何把紧攥的拳头掰开 / 162

航拍生活 / 163

报春曲 / 164

弹指 / 165

围裙 / 166

如何在诗中吹响一支柳笛 / 166

上花坡 / 168

追邮差 / 169

林中闪电 / 170

厨余论 / 171

我在 / 172

烟道之诗 / 173

仲秋絮语 / 174

无题 / 175

无题 / 176

第二幅自画像 / 177

谶言 / 178

盒马送来了恩施的雷笋 / 179

三月的最后一个下午 / 179

钥匙放在鞋柜里 / 180

无题 / 181

诗歌的样子 / 182

无题 / 183

无题 / 184

月亮越来越远了 / 185

春天里的口技 / 186

剜土豆 / 187

微凉 / 188

这首诗写给白杨或水杉 / 189

一首诗的初衷 / 189

在兴隆,和笑忠观鸟 / 191

在清江峡谷 / 192

花在笑 / 193

第一辑
星星索引

与父亲同眠

夜晚如此漆黑。我们守在这口铁锅中
像还没有来得及被母亲洗干净的两根筷子
再也夹不起任何食物
一个人走了,究竟能带走多少?
我细算着黏附在胃壁里的粉末
大的叫痛苦,小的依旧是

中午时分,我们埋葬了世上最大的那颗土豆
从此,再也不会有人来唠叨了
她说过的话已变成了叶芽,她用过的锄头
已经生锈,还有她生过的火
灭了,当我哆嗦着再次点燃,火
已经从灶膛里转移到了香案上

再也不会有人挨你这么近睡觉了
在漆黑而广阔的乡村夜色中,再也不会
睡得那么沉。我们坚持到了凌晨
我说父亲,让我再陪你一觉吧
话音刚落,就倒在了她腾给我的

空白中

我小心触摸着你瘦骨嶙峋的大脚
从你的脚趾上移,依次是你的脚踝和膝盖
最后又返回到自己的胸口
那里,一颗心越跳越快,我听见
狗在窗外狂叫,接着好像认出了来人
悻悻地,哀鸣着,嗅着她

无力拔出人世的脚窝
我又一次颤抖着将手伸向你,却发现
你已经披衣坐在床头。多少漆黑的斑块
从蒙着塑料薄膜的窗口一晃而过
再也没有你熟悉的,再也没有我陌生的
刮锅底的声音

2003 年

秋 日 即 景

原野扁平。穿夹袄的妇女边走边解纽扣
婴儿的啼哭声越来越近了

她终于跑动起来,夸张的双臂
蛮横地抽打空气。阳光明艳,照见
这个一清二白的下午
一群觅食的雏鸡走出竹园
一头猪獾在红薯地里刨出碎骨一堆
最后几片柏桦树叶掉下来了
一只蝉壳落在脚边
我连退数步,回到儿时
那时,我也有妈妈
那时,我正含着一颗咸乳头,斜视秋阳
热浪掠过胎毛
并让我隐秘的胎记微微战栗

2005 年

神　　马

请捎个口信给死去经年的母亲
我还在人世挣扎
世道变了,土地被再三翻新
沿河一带,度假村林立,那些钓鱼的人
从来没有吃到过你烧的鱼

所以他们不知道此刻我内心的味道
一个年过四十的男人
一个老儿子,老男孩
他借助飞机、巴士从湖北辗转来到云南
终于在一个叫和顺的古镇停了下来
他面前有一匹马
一匹神马,没有身体
那个年轻的民间雕版艺术家一直这样
自言自语:"如果你也有亲人
活在地狱,可以让它当信使。"

2006 年

动 物 之 心
——给顶儿

再过几天就是你十六岁的生日
亲爱的,早上醒来看见你剩在餐桌上的
半杯牛奶和一堆碎蛋壳,我念叨:亲爱的
这些天,我一直想当面对你说
结果只能默默地
对你杂乱的书桌说

对你塞进洗衣机里的外套说
对你上学的那段水泥路、街道，对你路过的
穷人、富人，对你带动的空气，说
亲爱的！
我渐渐变成了一个心口不一的人
一个色厉内荏的人
一个碎嘴的男人——而这恰恰是我
用了四十年时间来反对的
我渐渐变成了我的敌人
亲爱的女儿
终有一天，你也会用恨的方式表达爱意
而这一切
缘于我们都有一颗动物之心

2007 年

度　　量

走到一棵槐树旁，它比我高
走到一棵桃树旁，它也比我高
走到一棵橘树旁，我在想
这世上是否有这样一棵树：它

由我亲手栽种，却仍然矮小于我
走到童年的伙伴身边，走到他儿子身边
站在他们父子之间
高大的儿子还在发育，有一天他
也会在这群草木中接受
被超越的现实，皮尺无法丈量的
现实需要身体去抵消
此刻，我与你，背对背
眼中各含一座山冈
你翻过去就看见了你父亲的坟
我翻过去就看见了我母亲的坟

2008 年

从音乐学院到实验中学

从音乐学院到实验中学
昨天我走了三千零六十八步
一千步是彭刘杨邮局
两千步是司门口天桥
三千步是中百仓储
我记下它们，以便

替今天作这样的辩护:
"哦,这不是重复,是必需!"
而今天,我还会这样走——
五点钟下楼
五点零五分是实验小学
五点十分是工商银行大楼
五点二十分是户部巷口
五点三十三分我加入攒动的人头
在千百件校服中间
搜寻这只饭盒的主人
我还会捂着温热的盒底
像一个托钵僧
站在梧桐树下,夕光越过树梢
俗世潦草,所谓幸福
就是用手去触摸一个人的额头

2009 年

如果根茎能说话

如果根茎能说话
它会先说黑暗,再说光明

它会告诉你：黑暗中没有国家
光明中不分你我
这里是潮湿的，那里干燥
蚯蚓穿过一座孤坟大概需要半生
而蚂蚁爬上树顶只是为了一片叶芽
如果根茎能说话
它会说地下比地上好
死去的母亲仍然活着
今年她十一岁了
十一年来我只见过一次她
如果根茎继续说
它会说到我小时候曾坐在树下
拿一把铲子，对着地球
轻轻地挖

2012 年

冬 青 树

我在冬青树上睡了一宿
那年我五岁
被父亲赶上了冬青树

我抱着树干唱了一会儿歌
夜鸟在竹林里振翅
我安静的时候它们也安静了下来
我们都安静的时候
只有月亮在天上奔走
只有妈妈倚着门框在哭

2013 年

日 落 之 后

日落之后还有很长一段路要走
父亲坐在台阶上
背着慢慢变幻的光
他已经戒烟了,现在又戒了酒
再也没有令他激动的事物
落入池塘的草木填满了池塘
落入鱼篓的鱼安静了认命了
风走在公路上,这是晚风
追着一张纸在跑
路过的少年将捡到
另外一个少年的故事

关于贫穷、成长,关于孤独
再也没有忍受不了的生活
如果我也能够像他这样
在黑暗中独自活到天亮

2014 年

星 星 索 引

回老家的目的之一是看星星
下了一天的雨傍晚停驻了
从山上淌下来的野水裹挟着浊气
经由高粱、芝麻、红薯地汇入岩子河
蛙鸣声中炊烟格外安静
斜长的草坡上相邻的坟堆
枣树、松柏和望子草隔开了它们
我记得母亲躺进棺材时脸上搭了张草纸
我记得我躺在草坡中央把夜空盖在脸上
星星附近总有星星
而入睡前的那一颗
我确信它是我见过的最遥远的东西
就像我对现实的处境深信不疑——

人世尽头
大声尖叫却不期盼任何回音

2014 年

深筒胶鞋

我穿着深筒胶鞋一步路也走不动
我的下半身陷进了鞋筒
我不清楚父亲是怎样做到的
整个雨季他就住在鞋筒里
这是多么神奇的事情
他迈开大步,神气活现地
走在雨中
走进水坑里
我在午夜听见胶鞋进门的声音
咣当咣当的声音
从一间屋漫进另一间屋
我从来没有留意过父亲的脚
早上醒来,我看见那双鞋
倒扣在台阶上
在阳光里冒着热气

我试着用手去探测鞋筒的深度
我把两只手臂都留在了潮湿阴暗的地方
那里有他脚趾抠出的浅窝
太阳爬上了屋脊
不久以后阳光消逝
父亲赤脚走在软和的泥地上
我还是没有看清他的脚
但他的脚印到处都有

2015 年

暮 色 中

我父亲在暮色中走来走去
他总是最后一个走进家门的人
除了背影,我几乎认不出他
当他日益佝偻,一大早
就坐在屋檐下等候天黑
我更加认不出他了
有时我也拉一条板凳在他对面坐下
仔细看他像一个孩子
讪笑着

粗糙的手掌搭在膝盖上
仿佛被人推进了照相馆
有些委屈，不好意思

2015 年

春日望乡

犁耙水响的时节
你回了一趟老家
插秧人正把一整块拥挤的绿
均匀地分撒
在荡漾的泥水中
一行一行的绿
从这头看过去是青翠
从那头看过来是葱郁
田埂上，犁尖闪亮
槐花树下缠绕着长长的牛绳
你沿着田埂走来走去
你走过那么多的路
却没有哪一条路像田埂这样
让你走着走着就感觉到

已经回家了
却怎么也找不到家门

2016 年

姐　　姐

我二姐曾经给我做过一双鞋垫
纯棉的，手工的，绣花的
上面绣着"一路平安"
这是在二十多年前，我的脚
已经停止生长
我穿上它走了很多年
鞋子换了数双
鞋垫也早已磨穿
我记得最后一次见到它
是在去喀纳斯的路上
坐在白哈巴的一座山顶
我一边看晚霞
一边脱下鞋子磕着沙子
鞋垫掉了出来，但只是
几块彩色的布片

这件事我从来没有对人讲过
有时我在路上走
总感觉有人在身后叫我
手里也举着这样一双鞋垫
也像当年二姐那样
站在每一条道路的起点

2016 年

你把淘米水倒哪儿去了

我在厨房里忙碌的时候
我的岳母也在我身边忙碌着
我丢什么,她就捡什么
我在砧板上切彩椒和姜丝
她在水槽边擦洗杯盘
越洗杯盘越多
抹布也越来越多
我希望她出去晒太阳
我的岳父正在阳台上
给几盆兰草、芦荟浇水
春天来了,灰背鸟绕着屋檐飞

杜鹃花边开边落
我希望在我开始炒菜的时候
厨房里只有我一个人
而当我关掉炉火的时候
餐桌旁已经各就各位
油锅已经滋滋作响了
水龙头仍然在滴水
我的岳母还在那里嘀咕：
"你把淘米水倒哪儿去了？"

2017 年

补 丁 颂

我有一条穿过的裤子
堆放在记忆的抽屉里
上面落满了各种形状的补丁
那也是我长兄穿过的裤子
属于我的圆形叠加在他的方形上
但仍然有漏洞，仍然有风
从那里吹到了这里
我有一根针还有一根线

我有一块布片,来自另外
一条裤子,一条无形的裤子
它的颜色可以随心所欲
母亲把顶针套在指头上时
我已经为她穿好了针线
我曾是她殷勤的小儿子
不像现在,只能愧疚地坐在远处
怅望着清明这块补丁
椭圆形的天空贴着菱形的云
长方形的大地有你见过的斑斓和褴褛
我把顶针取下来,与戒指放在一起
贫穷和幸福留下的箍痕
看上去多么相似

2017 年

中午吃什么

我还没有灶台高的时候
总是喜欢踮着脚尖
站在母亲身前朝锅里瞅
冒着热气的大锅

盖上了木盖的大锅
我喜欢问她中午吃什么
安静的厨房里
柴火燃烧的声音也是安静的
厨房外面,太阳正在天井上面燃烧
我帮母亲摆好碗筷之后
就在台阶上安静地坐着
等候家人一个一个进屋
他们也喜欢问中午吃什么

2017 年

开　　花

我不再记得最早看见的花是什么
我出生在仲秋,睁眼看她们
应该是在初冬了
我有两个姐姐
一个名字里含有"梅"
一个名字里含着"菊"
应该是她们轮换推动摇窝
逗弄摇窝里的我咯咯笑

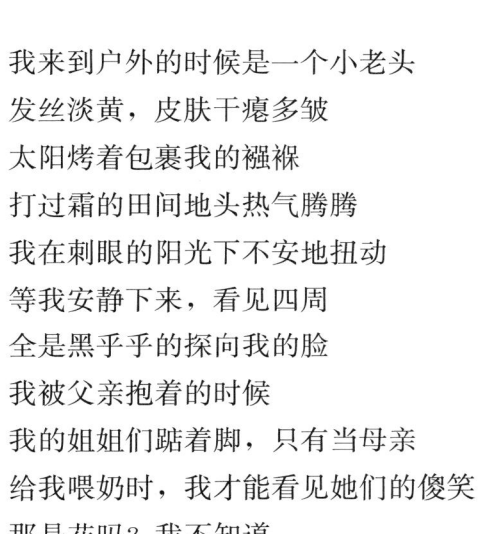

我来到户外的时候是一个小老头
发丝淡黄,皮肤干瘪多皱
太阳烤着包裹我的襁褓
打过霜的田间地头热气腾腾
我在刺眼的阳光下不安地扭动
等我安静下来,看见四周
全是黑乎乎的探向我的脸
我被父亲抱着的时候
我的姐姐们踮着脚,只有当母亲
给我喂奶时,我才能看见她们的傻笑
那是花吗?我不知道
我甚至不知道插在她们身上的
梅和菊是否开过

2017 年

丘陵之爱

我对所有的丘陵都怀有莫名的爱意
田畴、山丘、松林和小河……
尤其是到了冬天
起伏的地貌仿佛一个个怀抱

在暖阳里彼此敞开
每一座房屋都被竹林树木环绕着
它们坐北朝南的架势从来不曾改变
青翠的是麦苗,枯黄的是稻茬
乳白色的炊烟越过林梢之后
并不急于飘走,这一点
不同于平原、高原和山区
我总能在丘陵中找到我要的各种生活
尤其是在我步入中年之后
我更亲近这些提腿就能翻过去的
山丘,蹚过去的小河,这一个个
能为我打开的怀抱

2017 年

我陪江水走过一程

黄昏时分,我陪江水走了一程
上游下过雨了,江面上
飘过上游的气息
多年前,也是在类似的夏日的黄昏
我陪父亲进城探望他的养母

他一言不发的模样有点像
此刻我身边的这段江水——
你不知道它是从哪里开始浑浊的
就像你不清楚它什么时候清澈过
唯一能够确定的是落日
将在不久后被晚风吹熄
而当夜色真正降临,我的父亲
还会坚持在黑暗中摇曳一会儿

2017 年

阳 光 真 好

洗净的衣服拧干后
要在空中抖开
一个人能干的活无需两个人合作
我在树荫下睡觉
阳光真好啊
只晒那些需要晒的事物
妈妈你真好
不把床单洗干净你是不会
叫醒我的,而当我醒来

我会像泥鳅一样灵活
抓紧床单的一角
旋转着身体，使劲拧
床单在滴水
你在水滴的尽头咯咯笑
我在这一头越拧越起劲
直到现在仍然不肯松手

2017 年

答枕边人，兼致新年

唯一的奇迹是身逢盛世
尚能恪守乱世之心
唯一的奖赏是
你还能出现在我的梦中
尽管是旧梦重温
长夜漫漫，肉体积攒的温暖
在不经意间传递
唯一的遗憾是，再也不能像恋人
那样盲目而混乱地生活
只能屈从于命运的蛮力

各自撕扯自己
再将这些生活的碎片拼凑成
一床百衲被
唯一的安慰是我们
并非天天活在雾霾中
太阳总会出来
像久别重逢的孩子
而我们被时光易容过的脸
变化再大，依然保留了
羞怯，和怜惜

2018 年

大雪进山

大雪是晚上来的
第二天早上还没有离开的意思
第二天上午父亲叫上我
跟他一起进山走亲戚
根本就没有路可走
但父亲在前面走着
我跟着他，从一个清晰的

脚窝到另一个模糊的脚窝
雪越下越大
昨天还见过的山已经不见了
父亲领着我往雪堆上走
父亲带着我在雪堆里穿梭
直到一股浓烟将我们拦下
那是我见过的
最黑的烟囱
发黄的炊烟紧贴着屋檐
沧桑的亲戚站在屋檐下
呵出的热气模糊了他
乐呵呵的脸

2018 年

奔丧之路

绿皮火车在冰天雪地里走走停停
窗外的雪景从来不曾这样刺目
沿途的站牌荒凉如墓碑
一块,一块,不带感情
我曾无数次走在这条路上

现在才意识到省亲之路
早晚会变成奔丧之途
而我其实是那个隐形的筑路工
一边起早贪黑地修路
一边胆战心惊地冀望着
此路不通,至少越晚越好

2018 年

祭 父 诗

一般来说,树有多高
它的根须就有多长
有时候你无法想象
落日在离开你之后变成了
谁脸上的朝阳
地平线由远及近
黑暗中的事物越复杂越集中
父亲挖的树蔸歪靠在树坑旁
斩断的根须仍然在抽搐

2018 年

每家都有上山的人

父亲搬进了新居
清明那天
房前屋后涌来了很多人
都在外面站着
烧纸,焚香,放鞭,磕头
冷风吹着呼呼作响的雨披
也将燃尽的纸屑撒向了
阴云密布的天空
没有人知道我的父亲是谁
我的兄弟们也不知道
当我跪在他新居门前
我能从虚掩的门缝里看见
他生前的老样子——
他坐在半山腰的公路旁
望着一辆辆汽车从山脚下驶来
在路边停下,然后绝尘而去
尘土依旧在飞扬
没有人知道尘世的真正模样

2018 年

夜晚的习惯

我至今还保持着
用热水烫脚的习惯
只是木盆换成了电热桶
当我做这件事的时候
一天已近尾声了
我把双脚伸进水桶
就想起当年的那些夜晚
被母亲摁在木盆边
若是水太烫了
我就大喊大叫
小个子的母亲像犯了错似的
忙不迭地跑到水缸旁
抓起木瓢
舀一勺凉水倒进盆中
我想起她
总是仰头望着我
一边兑水一边用手搅拌
从前我总爱先洗左脚
把右脚搭在她的膝盖上

不像现在,我总是默默地
把双脚同时伸进雾中
在雾气里无声地往回走一段路
然后,又默默地同时抽出来

2018 年

停止生长的脚

我穿 41 码的鞋子
40 码找过我
42 码找不到我
我穿我妻子给我买的鞋子
好像只有她知道
什么样式适合我的脚
我穿皮鞋、运动鞋
几乎从不穿凉鞋
走在你也走过的路上
只有当我赤脚时
我走的路才是我自己的路
我不穿鞋子的时候我的脚
在回望那条路

我不穿鞋子的时候那条路上
有我深深浅浅的脚模
我的拇指总爱那样无望地上翘
当它往下抠时
我一定正陷在泥泞中
我已经很多年没有赤脚走过路了
最后一次在岩子河里洗脚
是在哪一年的隆冬?
那一年我的脚已经停止了生长
我母亲还活着
我记得她把我的鞋样夹在了
一摞废弃的高考复习资料中
此后只有指甲在生长
只有鞋子在重复着脚的形状

2018 年

有 一 次

有一次我决定
自己动手缝一枚纽扣
打开针线盒

找到了针和线
我来到窗边找到了
线头，和针孔
我一次次调换针线的角度
以为自己不会认输
有一次我决定
不再帮妈妈穿针了
我厌倦了需要她照顾的生活
我以为我已经赢得了生活
再也用不着为一枚
掉落的纽扣发愁
有一次我衬衣上的第三枚纽扣掉了
我拿着纽扣在书桌上旋转
母亲在桌前的相框里微笑
她以为我永远不会服输

2018 年

南 瓜 诗

把一个南瓜分成三等份
两份送人

剩下的
分三顿吃——
清炒一盘（加辣子）
清蒸一碗（加冰糖）
剩下的做成南瓜饼
我并不想吃南瓜饼
也没有做过南瓜饼
但这个南瓜
来自三百公里外的老家
这么长的藤
只结了这样一个瓜

2018 年

草 木 灰

草木在灰中的样子
火焰最清楚
我见过火焰
用吹筒和火钳为它造过型
烟囱里的烟雾停留在几十年前
几十年后我顺着烟道

重新回到了这堆灰烬边
把烤过的红薯、鸡蛋和乌龟
重新翻烤了一遍
屋后的山坡上草木连着草木
原有的小径已然消逝
原有的乡间公路已经扩展成了高速公路
我先在雨中埋葬了母亲
随后又在雪中埋葬了父亲

2018 年

烟花表演

回老家的山坡上找
一种叫柞木的树蔸
用老家的洋镐把它刨出来
放在太阳下暴晒
如果父亲还活着
他会一如既往
在岁末的星空下等我
他会把火钳递到我手上
让我敲打燃烧的树蔸：

"使劲敲,释放树心的怒火……"
果然,噼啪作响的烟花
很快就在空中飞舞起来
那是我见过的
最灿烂的夜空
当我在记忆中使劲敲打
残存的木头隐约可见
灰烬中的父亲一明一灭
明的时候山河历历可数
灭的时候世界漆黑
我也深陷其中

2019 年

咏　春　调

我母亲从来没有穿过花衣服
这是不是意味着
她从来就没有快乐过?
春天来了,但是最后一个春天
我背着她从医院回家
在屋后的小路上

她曾附在我耳边幽幽地说道:
"儿啊,我死后一定不让你梦到我
免得你害怕。我很知足,我很幸福。"
十八年来,每当冬去春来
我都会想起那天下午
我背着不幸的母亲走
在开满鲜花的路上
一边走一边哭

2019 年

樟 脑 丸

为什么春天的衣服
可以放到秋天穿,而夏天的
衣服冬天却不能穿?
请问樟脑丸:
冬青树都落叶了,为什么
窗前的香樟树还绿着?
我母亲坐在那口脱漆的
木箱上面叠衣服
叠完了衣服

就消逝在了箱子中

2019 年

暮色四合之地

很难再见暮色四合之地了
晚风徐徐，晚霞淡去
亲人们在鸡飞狗跳声中归来
父亲蹲在水边先擦拭农具，再将
洗净的脚塞进湿滑的鞋帮里
母亲把干透的衣服拢成一堆
扔进姐姐们的怀中
很难再见我那么肮脏的脸上
浮现出来的干净和轻盈
只有黑暗悄无声息地包围住我们
哪一个房间里的灯先亮了
就说明哪一个房间里面有人

2019 年

尺　　度

我父亲喜欢用手指拃量树木
一拃，一拃，像尺蠖
家具、衣服、身高和田畴……
拃过之后他会感觉这双手还有用
他迷信自己的手如同木匠
迷信那一截蘸了墨汁的绳索
弹在木板上的声音是有形状的
我兄弟买了一段软皮尺供我母亲
剪裁衣服用，每到腊月时
缝纫机半夜还在响，可我
整个童年都没有穿过几件新衣服
我兄弟有一支木制大三角板
涂了黄漆，刻度是黑色的
他在摊开的报纸上画几何图
但他从来不相信人能垂直于大地上
后来他当了父亲，他儿子
也不相信这么大的三角板有什么用
他买了一把钢卷尺闪闪发亮
他丈量过自己的庭院，和前途

但很快就缩了回去
而我几乎是双手空空地来到了
没有他们存在过的地方
没有土地、树木,没有庭院
我活在被别人丈量过的生活中
常常随手拿起身边的各种尺子
体味着尺有所短之苦
如果我的父亲现在还活着
他一定能丈量出我们之间的距离
在他手指成灰之前也许他已经
在心里丈量过了,不然的话
为什么总有人在耳边提醒我:
"不要相信你无法抚摸的生活。"

2019 年

我 的 梦

我发现我的梦
总在同一座房子里面发生
那是我年幼时生活过的地方
父母健在,姊妹参差不齐

我在这座房子里梦见过
许多从来没有到过这里的人
我和你一起把钓回来的鱼
开膛剖肚,我和你一起
围着灶膛,把生米煮熟
把不可能发生的事一一经历
而这究竟是怎么回事
我发现我的梦一旦回到这里
就顺理成章了,无人打搅
仿佛记忆里最遥远的那部分
在苏醒。老房子依然明亮
午后的阳光照着土黄的墙壁
我靠在微微发烫的墙面上
天空蔚蓝,仔细看
星光遥远犹如胃中的米粒

2019 年

后 视 镜

长途班车的后视镜中
越来越小的黑影

由刍狗变成了蝼蚁
命运的盘山路像毛线来回绕
眼看着就要到达山顶了
从窗口探出头去
镜子里面还有一个人
长发被风卷到了窗外
此时她正朝山脚下眺望
那里曾经有过一座村庄
班车经过时尘土飞扬
班车经过后它消逝在了尘土中
我习惯于倚靠窗沿漠然地看着
几十年前的那一幕——
我的母亲高举双臂
在尘埃中挥舞
最后又无可奈何放下
垂头丧气扑打着衣襟

2019 年

古老的雨滴

午后我们继续母亲的葬礼

抬上棺木故意绕了很远一段路
终于来到了她的墓室
门前的橘树都还绿着
屋后的新笋正在破土
这是她生前选定的地方
人们在议论，故作欢欣
突然间就下雨了
一滴雨落在我身边的棺材板上
一滴雨落在了撒过石灰的墓坑
密集的雨滴声不分轻重
塞满了那个下午
多年以后我还能看见
躺在地下的母亲
与睡在床上听雨声的母亲
几乎有着一样的表情

2020 年

无 题

一锅丝瓜蛋汤
喝到最后一口

用大勺子把锅刮一遍
用小勺子刮大勺子
先刮正面
再刮背面
然后用小勺子
最后一遍逡巡
这口亲爱的锅
亲爱的婆婆
您聚精会神的样子
让我心惊肉跳

2020 年

地球上的宅基地

我的侄子整天开着他的大卡车
把地球上的物质运来运去
通常是些石头、煤块或沙子
这里的坑刚刚填平了,那里
又会出现一个更大的坑
因此我几年才能见到他一次
时光在飞驰,他的车

越换越大了，但车厢再长
车头里面只坐了他一个人
通常他半夜回家，把车停
在院子门前，不用按喇叭
两只狗就从角落里跑出来迎接他
漆黑的夜空，漫天的繁星
他钻出驾驶室仿佛从空中
跳上大地，开始有些不适应
但随即就明白了家的意味
卡车在夜里熄火之后变得特别黑
高大的车轮散发着橡胶味
我的侄子在黑暗中掏出烟
总是他父亲先于他点燃打火机
两颗烟头凑近又疏远
我在遥远的城市之夜也能看见
这一幕：两颗烟头在夜色中
凑近了，又疏远
没有什么比它们更明亮
更能让我看清那块宅基地
在此生的尽头一闪又一闪

2020 年

外婆的路

去漳河拍纪录片
望着浩渺的水波想起了
我的外婆,却想不起她的容貌了
她走过的路已经长满了新鲜的草木
她翻过的山有的已经被彻底夷平
想当年,十来里的路她要分成很多段
才能悠悠走完,她在路上走的时候
像别人的外婆在走
只有当她走到我身前时
我才能认出她是我的外婆

2020 年

在 寒 夜

在寒夜里枯坐

需要想一些温暖的事情
凡是能够被想起的哪怕
比今夜更寒冷的事物
都能升起温暖的火苗
糊在墙壁上的报纸将被撕下
扔进脚边的火盆
一个活在五十年前的人
将化为灰烬，我用枯枝
拨弄它，眼见着火焰
顺着枝干慢慢地往上爬
寒风鼓吹窗纸
外面在下雪
河面上已经结了冰
冰面紧拽着我穿过的鞋子
两只鞋子相距甚远
鞋帮里面积满了雪花
那一年我五岁
夜里洗完脚之后
就赤脚睡在母亲的怀里
当袅袅的热气消逝
我在梦中还能感觉到
一双手在搓揉它们

2020 年

春 雨 中

大姐发来一张照片
蹲在自家的油菜花丛中
金黄的春光放大了她的笑容
我正在炒菜,用她托外甥
给我捎来的菜籽油
看一眼照片,再瞅一眼
热气腾涌的不粘锅。我想告诉她
这菜籽油香极了
外面在下雨
好多天了。这雨时断时续
落在我们目力所及的地方
该开的花都开了
该说的话总让人觉得难为情

2021 年

比　手

我越来越害怕在家人面前
伸出手来，这双手过于白皙
时常插在充满歉疚的口袋中
因无能为力而无力自拔
有一天晚上
全家人都围坐在炉火旁
只有我兄弟还在户外
就着尚未结冰的水清洗藕泥
直到我出门解手才顺道
把他喊进屋
天寒地冻，却并未下雪
我们哆嗦着
在水龙头下面洗净手
回到火炉边烤火
白炽灯静静地照着
六七颗亲人的头颅
热气在我俩的指缝间缠绕
仿佛小时候我们共用过的
那块经年的毛巾布

我兄弟突然伸出手来
拉过我的手,轻轻摩挲
而后笑道:"这才是手。"

2021 年

止　　水

没有比一个人坐在空旷的
屋子里烫脚更孤独的事了
当你终于又一次完整地回到
夜晚,倦怠地坐在一盆热水前
双脚探向空虚,没有比此时的
松弛更让人感觉无助
最微弱的水花在最寂静的夜里喧哗
你每动弹一下仿佛就能听见
遥远的回声:那是在另外的
夜晚,户外群星闪烁,室内
争吵不止,后来你们达成一致
同时把脚伸进木盆,六只脚
各守一方水域,又悄悄地
探入对方的领地,在四溅的

水花中结束了欢乐的一日
那也是在另外一个晚上，你和她
面对面坐在木盆前，不厌其烦地
用光滑的脚趾抓挠彼此
脉脉温情在水雾中弥漫
灯光愈暗，脚趾愈白……
而今夕是何夕？你孤身
眯眼坐在这里，等候一盆热水
慢慢变冷，浮在水面上的
是安静的涟漪，一幕幕偷生者的
奇异往事附着在散去的热浪中

2021 年

今 日 立 春

疫情就要过去了吧
看样子，我今天
得把门内门外的鞋子重新
摆放一遍，它们已经散乱了
整整两年，看样子
有的已经松垮变形

有的失去了原配
幸好我的脚还在
我的鞋子里。我的鞋子里面
没有沙子,我的袜子上面
绣有"一路平安"几个字
白色的,嵌在灰色的织物上
窗外的阳光和两年前的今天
一模一样,屋里的我
正在往杯子里挤一滴蜜

2022 年

每一次告别都是阳关三叠

我妻子完美地继承了
她母亲的待客之道
每一次家里来了客人
她都会耐心奉陪
末了一定会坚持
将客人送出楼道
更早的时候是在香溪河畔
半山腰上,我的丈母娘

总是站在陡峭的路口朝远去的
背影挥手，这情景
像极了当年昭君出塞的情形
云帆高挂，河水奔流
所谓前程不过是鸡蛋
执意要去碰触石头
明天她就跨入九十大寿了
我的岳母仍然颤巍巍地
站在租来的楼道扶梯上
对着消逝在旋梯里的脚步声
大声喊道：
"慢走啊，再来啊——"
除了这绵长的人世之音
什么也不曾留下
什么也不会带走

2022 年

母亲在吃头痛粉

一个初春的恍惚的午后
我在灌满阳光的阳台里闲坐

突然想看看母亲生前在干什么
她不是在铡猪草,也没有
生火做饭,洗衣服或晾衣服
她正在仔细地撕一个小纸袋
纸袋外面印着一个人捂着头
纸袋里面是白色的粉末
母亲,哦,此时应该是妈妈
熟练地仰起头将粉末朝嘴里送
那里也是阳光普照啊
可我怎么也看不清她的表情有多苦

2022 年

监控幸福

凌晨三点半
老丈人来电话说
早饭他已经做好了
劝了半天他才回到床上
重新躺下
早上七点丈母娘起床
摸进厨房喝了一碗粥

又回去睡觉
十点钟,两个人
坐在客厅沙发上
面面相觑:
"你吃饭了吧?"
"我吃了。你吃了吧?"
"我不知道。你吃了什么?"
"我不知道我吃了什么。"
阳光照看着他们佝偻的身影
昨天护工请了假
今天又是漫长的一天
两位老人各自牵起一角报纸
头挨头出现在我们的
监控镜头中
像人世尽头的一幕

2022 年

畅享美好生活

岳母家的电视机又坏了
"出不了图像,蓝屏。"

我正在江边散步
接到电话就赶紧过去处理
每隔一段时间，这件事情
就会重复一次，我也因此
成了家人眼中
"修电视机的人"
而事实上，每一次故障
都缘于我的老岳母
按错了遥控器
昨天晚上，我又一次
蹲在电视机前，装模作样
胡乱拨扯着电源按动键盘
我的岳母站在我身后挥动蒲扇
紧盯着蓝屏上来回滚动的
那行白字："畅享美好生活。"
她一遍遍念叨着：
"畅享美好生活……"
终于，在她的念叨声里
那行字消逝在了屏幕的左上角
我又一次将电视画面从虚无中
拉回到了我们眼前，定格在了
新闻报道中

2022 年

落日的执念

朝阳在虎牙关
太阳在双井和杨店
过了双仙
我们就叫它"日头"
过了周河,我们才叫它"落日"
落日过了周集、刘集和李集
又过了烟墩
落向漳河和余溪
我们爬上仙女山
呆望着影影绰绰的地平线
夜幕像一块生铁
山坳里的牛铃声时断时续
这周而复始的一天
时隔多年又一次
划过了我的脑海

2022 年

给张德清迁坟

我爷爷张德清的坟堆是个衣冠冢
据说里面只埋了
一顶礼帽和一根拐棍
很小的时候,我父亲让哥哥
带着我去给爷爷迁坟
我们来到屋后的山坡
在一块花生地里,四处转悠
却不知道哪里
才是张德清的坟
后来哥哥指着路坎下
一座隆起的土堆说:
"这就是了。"说着
他弯腰铲起一锹土
担在手上,我还想看看
土堆下面还埋有什么
哥哥已经快步消逝在了茅草丛中
那是一个盛夏的正午,诡异的
旷野里不见另外一个人影
我跟着哥哥来到另外一块花生地头

把一锹老土倒进了另外一堆新土中

2022 年

元 月 八 日

岳母走后一个月
我拿起桌面上的那串佛珠
一颗，一颗这样捻着
佛珠的响动声盖过了
网络上漫溢的啜泣与哀嚎
阳光灿烂，生死循环
这一月有太多的变故
悲伤已不足以形容幸存者
纸片人似的古怪体貌
我的岳父也终于被他女儿们拽进了
颤颤巍巍的新年。这是第八天
看样子，我似乎躲过了
这一波汹涌的奥密克戎
我捻过的佛珠每一颗都是
同一颗，一样圆满和孤单
一样循序滑过我的指肚

并让空虚的指头重新注满了
一握的力量和热望

2023 年

不　咏　物

晨起来到阳台上查看绿植
祈愿我的诗不再咏物
只陈述无话可说的痛苦
譬如，女儿的婚期临近了
而老岳父还在 ICU 昏睡
我从来不曾像昨天晚上那样
紧闭双目却清楚地看见了
悲伤与喜悦交叠的面容
我从来不曾像今天早晨这样
站在镜子里，恍惚之间
须发皆白，又不得不
强打精神去追随月落日升
先去把葬礼办好，然后
再去把婚礼办好

2023 年

真空吸尘器

我擅长做家务。当我推着
真空吸尘器在女儿的新房里
来回走,所到之处
再也没有纸屑、头发或杂芜
灶台上也没有丁点油污
那时候,她刚到英国
边倒时差边想起临行前
来不及收拾的婚房
其实也是她越收越乱的家
我在她家里赤脚,喝茶
前后换了三个插座
才满足了吸嘴所需
当一切收拾停当,窗明几亮
我剥开一颗饴糖,望着
窗玻璃上那个大红的"囍"字
共有 24 画,我好像是
第一次这么认真地数

2023 年

婴儿的词汇

我女儿还在襁褓中的时候
她外婆常常抱着她去看
贴在房门上的杨柳青——
一个胖男孩骑
在一条胖鲤鱼身上——
多么喜庆的日子。我听见
我的岳母用喜庆的语调
对我女儿反复念叨：
"小哥哥骑大鱼儿……"
渐渐地，念叨变成了歌谣
有时候我放下手中的活计
走过去观察女儿的反应
有时候我听见一串清亮的
笑声像香溪河水蹦跳着
滚过了古老的香溪

2023 年

人民币上的风景

我岳父生前最大的遗憾
就是没能看够
人民币上的风景,那些
美好、庄严、神圣的地方
他用双手摩挲了一辈子
想象了一辈子
在整理相册时我们发现
他早年曾经去巫峡看过落日
他中年曾站立在长江大桥下
他晚年有一张与人民大会堂的合影
泰山、壶口瀑布、八达岭长城、桂林山水……
他都知道,但都没去过
他在垂危之际再三叮嘱
他的女儿们要代他交纳党费
我怀疑那可能是他
在重症监护室里的唯一意识
因为我妻子后来告诉我
当她们对他说党费已经上交时
我岳父僵硬的手指动弹过几次

2023 年

庭院深深

又梦见了那座庭院。如果
不是父亲让我去拴大门
也许我就不会意识到
那是小时候,我只有
门闩那么高,常常
需要在关上大门之后
再用后背去抵紧门板
当我回过身来看见
堂屋正中,八仙桌上的
那盏安详的油灯,以及
坐在灯光里吃完饭的家人
没有疾病、衰老和死亡
除了天井上的星空
没有什么值得觊觎
从门闩"咔哒"一响
那一刻开始

2023 年

第二辑

像样的爱情

高原上的野花

我愿意为任何人生养如此众多的小美女
我愿意将我的祖国搬迁到
这里,在这里,我愿意
做一个永不愤世嫉俗的人
像那条来历不明的小溪
我愿意终日涕泗横流,以此表达
我真的愿意
做一个披头散发的老父亲

2003 年

小　魔　障

你是我的小魔障:饮鸩止渴
你是我的小魔障:亡羊补牢
你是我的

短处、命门、死穴
群山在望,你是我的白内障
你是一个人
闲逛至此的,又是独自抽身而去的
你是真实与空虚的
混合物,是酒瓶,可酒已喝干;是酒
可没有容器盛装
你是苦涩的唾液,流感季节的扁桃体
秋天到了,你是脚板沾满果泥的
小调皮、小玩笑
小魔障
今生我无法克服梦游症
来世我要当木匠,走遍世界
只为找一截马桑木
打一副舒适的棺材,厚葬那些说过的梦话

2005 年

终 结 者

你之后我不会再爱别人。不会了,再也不会了
你之后我将安度晚年,重新学习平静

一条河在你脚踝处拐弯,你知道答案
在哪儿,你知道,所有的浪花必死无疑
曾经溃堤的我也会化成簸箕、铁锹,或
你脸颊上的汗水、热泪
我之后你将成为女人中的女人
多少儿女绕膝,多少星宿云集
而河水喧哗,死去的浪花将再度复活
死后如我者,在地底,也将踝骨轻轻挪动

2005 年

我还是喜欢你明亮的样子

我还是喜欢你明亮的样子
你在子宫里的样子
我还是喜欢你母亲孕育你的
样子,人群闪避,草坡平缓
的样子;我还是喜欢她
恋爱的样子
背转身去接电话
拆信时迫不及待的样子
我还是喜欢

那样,那时候
空气天真,你无所不能

2009 年

今天开白花
——给易羊

红花开过了,今天开白花
茉莉,地米
玉兰的表情像你在哭
晚些时候
我会从地下室升上楼顶
长江穿过桥孔
没有人在意那些随心所欲的
漂浮物
半边月亮,越数越迷茫的星星
你已不要人间
我亦不堪烟火

2009 年

什么是走兽,什么是飞禽

我的小狗永远不明白它属于哪儿
与猫争夺耗子
与麻雀争抢草坪
今天晌午,为驱逐一只苍蝇
它一头撞上了仙人球
在给它拔刺的时候
它眼睛里有我
在我心目中,它狗模人样
自由与禁锢挤压出
这样一个泪汪汪的怪物
既勇敢又怯懦。我的小狗不明白
飞禽有飞禽的轨迹
走兽有走兽的迷途
而裂开的人缝不是为了便于它穿梭
而是为了对应天上的那些窟窿
那些被我们误以为是出路的
大悲伤

2010 年

观尼亚加拉瀑布

最激动人心的事情
莫过于一对恋人
用最大的声音说着最无力的话语
用山盟海誓来抵消歇斯底里
她爱他满脸的水滴
一如他爱她身体内轰鸣着的
络绎不绝的爱的
空谷足音
这么宽阔,激越
感染着一头远在马里亚纳海沟里的
座头鲸。哦,孤独的它
不得不一次次朝长天喷水

2012 年

萤火虫研究

那些在树丛中一闪一灭的灯火好看极了
那些闪的光
那些灭的光
那些好看极了的光
好看极了
我已经多年没有再见过
那些被装在罐头瓶子里面的光
那些被捉放进蚊帐里面的光
它们从黑暗内部发出
告知黑暗的边界有多辽阔
没有哪一处人间有这样的万家灯火
在日落之后
在寂静的田间和溪边
没有人告诉过我
在黑暗中它们的需要
而我需要发光的腹部
我需要把收集来的光投射到你那里

2013 年

雨夹雪

春雷响了三声
冷雨下了一夜
好几次我走到窗前看那些
慌张的雪片
以为它们是世上最无足轻重的人
那样飘过,斜着身体
触地即死
它们也有改变现实的愿望,也有
无力改变的悲戚
如同你我认识这么久了
仍然需要一道又一道闪电
才能看清彼此的处境

2013 年

这里需要上帝

桃花开了,纯属友谊
杏花也会开,出于爱
紧接着,梨花、李花和槐花一齐涌来
出于道义,也出于同情
被动的生活滋生出了这样的
现实:既然活着就要努力
以美好示人。出于这样的天性
烂漫的,天真的,没心没肺的
小生命有了深沉的思想
苜蓿地上,蓝花草籽纠缠在泥水里
从前它们能把天空和大地绾在一起
鹁鸪摇晃青葱竹林
朝阳是朝阳,夕光是夕光
油菜花一直开到了太平岭……
出于对无望的明天存留一点希望
开过的花会重开
美丽的谎言无辜又真诚
一想到上帝他就想到:"有朝一日……"

2014 年

对 她 说

我想过你
但更多的时候我在想自己
人时过半
多有伤感
若有感激,缘于奇迹
我想过摆脱
这时而空虚时而虚无的生活
又妥协于安稳、惯性的美德
我想过你也会这样
日复一日
一边否定自己
一边赞美自己
最终适应了没有彼此的人生

2014 年

秋　　葵

秋葵怎么做都好吃
怎么念都好听
我记得第一次带你吃它的情形
那是一个夏天
我俩坐在楚灶王的窗边
我一边翻着菜谱一边指着秋葵
说:"这个好吃!"
我记得你自始至终
一副心满意足的样子
那也是我第一次吃秋葵
第一次觉得我们不在一起
多可惜

2014 年

忍　　冬

有些植物一旦栽下了就没有人
再理会它的死活
就像你和我来到世上
一旦形成我们
就只剩下了一种命运
你开白花的时候我开黄花
我枯萎了你替我朝前攀爬
这样的情状回应着我记忆中的
那一幕：多年前我和你
一起栽培过一株金银花
黄花依旧黄
白花依然白
我在这个冬天想起它的时候
你说它还有一个名字叫"忍冬"

2015 年

树上的爱情

桃子看着桃子
看着桃子
那么远那么近
一天又一天
因为相爱而相似
桃子看着桃子
脸红了
羞答答地
垂下眼睑
稍一分神就落了下来
滚落在一起
桃子依然看着桃子
直到桃核裂开
他们的爱
因无人打搅而周而复始

2015 年

我的土豆树
——给易羊

每年春天我都会
把多余的土豆埋进花盆
自从我见过你的土豆树之后
自从你的树枯萎
每年的这个季节我都会
把剩下的当成是多余的
多余的生命又发了芽
多余的爱还在泥土下抓挠
死亡并不存在
如你所说
如我所愿
土豆树今天又长高了
土豆树明年还会继续长
我们坐在树下
谈一谈消逝
谈一谈久别重逢

2015 年

墙 边 草

墙边草活在它去年死去的地方
和去年一样,那几缕绿
和去年一样,我蹲下来
查看墙缝,又站起来往前走
墙边草原地踏步
在光秃秃的角落强颜欢笑
和去年一样
它不会长得太高
也不会长得太久
如果太辛苦,它就去死
等来生再试试

2015 年

春风十三行

我和我的老狗并排走

在正午的风中
像去年的这个时候
像昨天的这个时候
我们一前一后走在风中
像畜生一样走着
像人类一样走着
空洞的头顶上
去年的叶子在风中落下
今年的叶子在风中生长
我和我的老狗一直会走到墙根下
它撒尿的时候
我望着正在爬墙的茑萝

2016 年

最 好 的 诗
——给小话

最好的诗应该在两个人之间发生
譬如我和你,譬如你和另外
一个你;最好的诗
像昨晚来到世上的那只羊羔
今晨以世间所有的活物为母亲

最好是这样：你叼着一根青草
从梨花树下跑到桃花树下
结果浑身落满了李子花
最好不要结果啊
花一直开，一直这样开
像你在夜色中手握方向盘
让探照灯替你去翻山越岭

2016 年

植 物 之 爱

一朵百合爱上了另外一朵百合
它该怎么办
一株荷花在六月的凌晨开了
一眼就看上了身边的另外一株荷花
霞光撩开花蕊
它们各自抖落露水，等候
倒影在一起的那一刻
光阴蠕动，此消彼长
一条鲤鱼搅动的波浪断送了它们的念想
一只蜻蜓飞来，一群豆娘
曲身停靠在睡莲的美梦中

蝴蝶扇起的风推醒了凤尾兰
金钟花倒挂在竹篱上
蜜蜂过来将它们一一敲响

2015 年

和婴儿说话的人

和婴儿说话的人背对我
坐在小花园的条凳上
我以为她在自言自语
走近了才看见她怀抱里的女婴
这是雨后清明的一天
新鲜的树叶在微风中战栗
我所热爱的世界已经很小了
现在缩成了一个怀抱
我在怀抱外无限眷念地望着
我在怀抱里"呀呀咿咿"

2016 年

自 画 像

终于等来了命运现身的时候
不过是一个小丑卸了妆
坐在小花园的条凳上
脚边依偎着一条从梦中醒来的老狗
再也没有什么能惊扰你们的生活
落日在西天
落叶有风度
你静静地看着少年滑轮一般
在眼前穿梭,你如此安静
仿佛多年以前那个大病初愈的少年
端着脸,坐在父亲的膝前
他从父亲脸上看见过的
现在已经被你全盘接收
终于可以垂下眼睑,轻松地
表达对自我的称颂,和厌恶

2016 年

被词语找到的人

平静找上门来了
并不叩门，径直走近我
对我说："你很平静。"
慵懒找上门来了
带着一张灰色的毛毯
挨我坐下，将毛毯一角
轻轻搭在我的膝盖上
健忘找上门来了
推开门的时候光亮中
有一串灰扑扑的影子
让我用浑浊的眼睛辨认它们
让我这样反复呢喃："你好啊！"
慈祥从我递出去的手掌开始
慢慢扩展到了我的眼神和笑容里
我融化在了这个人的体内
仿佛是在看一部默片
大厅里只有胶片的转动声
当镜头转向寂寥的旷野
悲伤找上门来了
幸存者爬过弹坑、铁丝网和水潭

回到被尸体填满的掩体中
没有人见识过他的悔恨
但我曾在凌晨时分咬着被角抽泣
为我们不可避免的命运
为这些曾经以为遥不可及的词语
一个一个找上门来
填满了我
替代了我

2017 年

当我们谈论爱情时

当我们谈论爱情时
雷声越来越近了
当我们的争论被雷声打断
爱情凭空淌下泪水
我们老了，依然对爱情
着迷，至少还有兴趣探究
雷声提醒我们
泥塑之身终有归于尘埃之时
风吹走一部分
雨拿走一部分

余下的将被和成稀泥
涂抹在外墙上
我们坐在窗前看雨夜
闪电慌乱,眼神迷离
说到曾经爱过的人
最好的结局是一场瓢泼大雨

2017 年

河流拐弯的地方

河流拐弯的地方
河水你推我搡
从犹豫,慌乱,到咆哮
直至被彻底驯服
在下一个弯道来临前
当你站在高处平静地眺望
这段无比熟悉的河道
你是否有过不羁的冲动
有好多次
我守候在日落的地方
等着一个人
呼喊着我的乳名

头破血流地朝我奔过来

2017 年

荷叶上的青蛙

一只青蛙蹲在荷叶上
荷叶倾斜着
一滴水珠在荷叶上来回滚动
夏天过了一半
难过仍未结束
像青蛙一样蹲着
像水珠一样无疾而终
像荷叶一样慌张
像荷叶上的青蛙不敢大声鸣叫
我也不敢说出
我想干什么，又能干什么

2017 年

认　　领

春分过后阳气回升
伸懒腰的人也拉抻着驼背
走在路上时常感觉
这也可以有
那也是自己的
尤其是在黄昏
逆光中的少女忽走忽停
像一个个忽近忽远的发光体
婆娑的季节就要到了
路边的香樟树要在风中
抖落一些旧叶
才能为新芽腾出空枝

2018 年

唯　　愿

唯愿我的泡菜坛清亮如初
豆角、竹笋、萝卜和白菜
合乎你的胃口，唯愿
你的味觉还保持着
纯正的天经地义的味觉
红的是辣椒
黄的是姜片
白的是蒜头
你是你，我依然是我
唯愿世道风平浪静
坛沿水永不干枯
我在密封中慢慢发酵
唯愿你来的那天我正好启封
空气中弥漫着你久违的味道

2018 年

把手伸进别人的兜里

把手伸进别人的兜里
那是什么感觉
如果是一只空兜
正好填满你的手
把手伸进你爱的人的兜里
再也不想拔出来
那是什么感觉
再也不想像今天这样
在冷雨中
在自己的兜里
寻找你的手了

2018 年

手机里的菩萨

从云冈石窟出来

手机里多出了很多尊菩萨
在去往雁门关的路上
我一路翻看着他们的情貌
痛苦被放大了
欢乐被缩小了
菩萨啊,这么多的砂岩之躯
任由岁月涂抹
这么多的残肢
依然在行走、抚摸和讲述
而我独爱最小的那一窟
他像我小时候
不谙世事
以为哭泣就能得到所求
以为欢笑就能满足所有

2018 年

会笑的人已经不多了

把别人的孩子抱在自己的怀里
先把他弄哭了然后
再把他逗笑——这不是
一件容易的事情

给他看阳光、花朵
摇响你手中的拨浪鼓
给他看你年轻时候的笑容——
这不是抹去皱纹就能够还原的生活
会笑的人已经不多了
会哭的人也是
把别人的孩子抱在自己的胸口
紧紧地
抱着哭
抱住笑
你能给自己的只剩下了这么多

2019 年

像样的爱情

一起看花的两个人或
两个人一起看花
并不是同一件事
譬如说杜鹃花开了
失火的山谷里并不见救火的人
两个人在火海中不知所措

你看我我看你
越看越觉得此生可惜
这样的爱谁不想要呢
这样的爱至死不见骨灰

2019 年

抱　　树

三个男孩子合抱一棵银杏
短缺的部分由一位女孩补上
四张脸蛋仰望树梢
四双眼睛顺着树枝往上爬
密密匝匝的银杏叶为他们撒落了一地
为他们曾经有过的
手牵手的
这一日
这棵银杏树年复一年
以相似的神情守候在相同的地方
却再也不见同时出现
在树下的他们
每当落叶季到来的时候

总有人绕树三匝
希望在树后遇见想见的人

2019 年

掰 手 腕

每一张台面上都有
一对掰手腕的人
每一只手腕都经历过
压迫、抵抗、放弃或反转
当我意识到台面已经撤走
悬在空中的手臂
依然青筋毕露
依然是这样——我们
拉开了拔河的架势
其实是为了
把自己送入对方的怀抱

2019 年

在雨天睡觉

我能把握的幸福已经少之又少
在雨天睡觉算是一种
窗外大雨瓢泼
我已经醒来却还在等待
另外一个梦成型
哪怕再也无法入睡
只是闭上眼心平气和地
想一想：我与他们
有什么不一样，还有什么
是我行至人生中途能够把握的
云团挣脱天空
雨点收不住脚
来到大地上的事物相互混淆
我已经有过长久的浑浊
现在我想变得清澈些
就像现在这样
窗外在下雨
看样子还会下下去
这大概就是你说的幸福

我能预感某张亲切的脸
正从虚掩着的门缝里看我
却不会惊扰我

2019 年

玫瑰与月季

当一个诗人无法说出
诗是什么的时候
玫瑰与月季在一旁竞相开放
当一首诗呼之欲出
诗人的鼻尖上沁出了汗珠
而他身边的女孩脸颊绯红
月季开出了玫瑰的花样
玫瑰在一旁默默承受
我爱的女人无一不热爱花朵
我爱她们趋身花丛时的尖叫
而不深究什么是月季什么是玫瑰
当我终于有了爱的自觉
诗是什么已经不重要了

重要的是我已经学会了如何
将偶然之爱混淆于必然之爱中

2019 年

自行车的故事

从前有一位女孩
总爱坐在自行车的后座上
铃铛响亮
裙摆里面装满了风
从前有一辆自行车
后座上总是坐着这位女孩
其他的自行车都环绕着它
从宽阔的操场到拥挤的马路
所有的车都迷失了方向
春天来到了郊外
山坡上开满了杜鹃
所有的自行车都从城里驶出来
铃铛一路响啊，直到这位女孩
从后座上来到了前杆上

插满杜鹃花的自行车队
静静地擦过了那个暮春

2019 年

红 桦 树

娥嫚沟的尽头有两棵红桦树
在摆脱了其他树木的纠缠后
它们越长越像红桦树了
这两棵天荒地老的红桦树
早晚都等候在天池旁
沐浴在天荒地老的喜悦中
除了它们,没有人知道
娥嫚沟的尽头在哪里
没有人能像红桦树那样
与天荒地老为伍

2019 年

又见地平线

梦见脚踏车的链子
掉在了追赶你的路上
它早不掉晚不掉
在我刚刚要追上你的时候
掉了。空转的轮轴
发出世上最难过的
声音,这声音
完全不附带任何感情
仿佛你渐渐远去的背影
被地平线上的风拉扯着
贴着灰尘在飞舞

2019 年

无 题

有些梦只能停留在梦中
既无兑现的可能
也无变成现实的必要
譬如你对我的好
止于我知道你是为了我好
反之亦然
反之这些梦
一如乱石堆满床头
你在乱坟岗上见过的星光
其实是它们的磷火

2019 年

借来的诗

借你的眼睛看一看

珞珈山上的樱花
白天的与夜晚的
有何不同又何其相似
借你的单车去东湖转一转
那里也有樱花开在樱园
去年的今日与今年的今日
阴阳相隔又大路朝天
借你的笔记下我说过的：
"这不是生活，这是请命。"
借你大病初愈的容颜描述
春光初现，又有一片新芽
挣脱树皮加入了树林
借一首无声的歌
含着眼泪唱
在这个春雨绵绵的黄昏
听得见的人有福了
听不见的人你要告诉他
不幸是怎么一回事
幸福究竟在哪里

2020 年

给羊羔拍照

你那么小的样子让人想到了无
要是无多好啊,就不会有
往后的辛劳和无辜了
你那么雪白的颜色让人想到了有
要是有多好啊,就不会担心
来到这世上的初衷了
从寻找妈妈起步
到妈妈先走一步
你那么柔弱的样子让人想到了眼泪
调皮的时候想流下来
温顺的时候也想流下来
你那么心甘情愿的样子
多像一根青草沾在嘴角
你甩也甩不掉
你还没有学会吃它
还没有见识过人世间的辜负

2020 年

汉阳门的春天

我在走投无路的时候
常常会来到汉阳门
通常那里会有很多人
聚在桥下看江景
大江东去的声音在心中回旋
很少有人听见
我也像游人一般
凭栏眺望
春天又来了
少女把下巴搁在亲爱的肩膀上
她多想就这样
一言不发
一辈子
梅花落完之后
白玉兰又开了
火车穿过我们的头顶
江水绵绵不绝
仿佛是上辈子的事情

2020 年

捉 光 的 人

能被人捉住的光亮
唯有萤火,其余的
要么放任要么熄灭
我想起去年夏天在蔡甸
朋友们在灯光下读完诗
然后返回各自的夜空
巨大的黑暗是我们共同的归宿
我想起我的朋友魏天无
那天晚上他需要萤火虫
于是真的飞过来一只
萤火虫,那是去年夏天
几乎就是去年的今天
我的手在黑暗中游走
差点就捉住了你的手

2020 年

取　　悦

取悦一面镜子
其实是为了取悦于镜中人
这么说也许并不公平因为
镜子里面闪现出来的面容
并非她一个，一张又一张
面孔交叠在一起，而她的
面貌越清晰，困扰就越多
"如何看待这样的结果？"
她自问，却需要他来回答
他在替她擦镜子
玻璃里面有水银
水银里面是令人心悸的辽阔
天气好的时候大地上应有尽有
就像她躺在他怀里时
万事万物都有了尽头

2020 年

又一个早晨

亲近是必须的
但也是困难的
越是亲近的人
越是难以成为亲爱的
我们有亲密的关系
却丧失了亲切的话语
又一个早晨
如期而至
画眉叫出了你的名字
多好啊,应该是
和风徐徐的样子
应该是
我泡一杯苦丁
来到餐桌边坐下
看你手撕油条或面包圈
再抿一口牛奶咖啡
应该是我喂你
多好啊,应该是
死去活来的样子

还有很多年
要含着泪水回顾
已经擦去的泪痕

2020年

什么是爱情，什么是不幸

炒菜之前
把西红柿和豇豆放进淡盐水里
浸泡一小时
半小时后我回来
给茶杯续水，看见
它们容光焕发的样子
半小时后我开锅炒它们
又过了半小时
我坐在餐桌前被人提醒
今天是七夕
西红柿的红
豇豆的绿
那么传统，那样素净
两个瓷盘挨在一起

两个白色瓷盘的边缘
都镶了蓝色的花纹

2023 年

去墓地谈恋爱

我没有这样的经历。但是
有个朋友给我讲述过
这样一个故事——
那年他去石门峰给亲人扫墓
在别人的墓碑上看见了
他自己的名字。因此他
特别留意了一下那堆灰头土脸的
扫墓人，其中一位女子后来
就成了他的现任妻子——
死亡促成了这桩婚姻，证婚人
是一炷香。谁能想到呢？
后来他们常常驱车去那片墓地
后备厢里还会带上帐篷和餐具盒
"空气清新，食欲大振……"
他妻子每隔一段时间就请洗碑师

将他那死去的名字重新描金
看上去，这样的爱
如旧雨新枝，而他们
就在这婆娑的枝下
铺好了桌布和床单
等候漫天繁星从死亡的
寂静中庄重地升起

2023 年

第三辑

油炸荷花

闻冥王星被排除在大行星之外有感

我是淡定的。我不是你要照耀的人
宇宙太大了,我和你们没有关系
肉眼勉强,泪水稀释了沙子
白日所见略同
而到了晚上,你们拿星光换萤火
我拿堕落赎罪——
这才是公理:虚无无止境,我不追究意义
沉重的感情自渊薮上升
缓慢,急迫
我不与无中生有的人为伍
我不与看不见的事物为敌

2006 年

老 伙 计

我准备过冬了,而秋天才来
换上拖鞋的时候我没忘扑掉你前额上的灰
再将你缓缓地放入鞋柜
老伙计,这一年你太辛劳,载我
去了那么多地方
前途渺茫,我们不离不弃
不像他们,每天都在更新
我恋旧,老东西、有些松垮的人
我还记得
缅甸的黄泥路,和波旁宫前的草坪
更不敢忘记那天正午,我坐在白哈巴的山顶
赤着脚,看你热气腾涌
那些皱眉头的人和你没有关系
与你发生过关系的
只有淤泥、青草、石子或垃圾,你践踏过
它们,它们却成了你的一部分
也与我产生了瓜葛
一年来你我风尘仆仆,仿佛狼与狈
只在后半夜才分开

我从来不曾梦见过你
但每次醒来都见你守在门边
一副精神抖擞的样子
只有这一次,在我拉开柜门的这一刻
我才发现
你原本不是你,而是你们——
左右、配偶、阴阳或夫妻
生活的本质在于变形
老伙计,看看现在,你我都已无形可变
你是松散的,而我也被歪曲

2007 年

减 压 阀

先是工贸,后来是中百仓储,最后是国美
就为了一口不自爆的高压锅
先是她,然后是你,后来是你们
品牌、说明书、介绍人,谁信这些?
世道令人困惑,同样是五月
花枝颤抖,谁相信这里吹着春风?
"每一样新东西都有危险性。"

"可是,旧的,就值得一用再用?"
商榷,争吵,拂袖而去
如假包换的生活被煨成了
排骨藕汤或排骨萝卜汤
牙齿决定着生活的质量,所谓婚姻
就是,花两个小时准备饭菜
五分钟吃完;花一天时间调整心情
为了晚上那一刻的身不由己
"都一样,可是,不尽然。"
你不是我,我知道,每一口高压锅
只配一种型号的减压阀
一样的蒸汽、薄雾、忧愁
我确信眼前的这口锅里正在炖
一种从未见过的事物,我确信
此刻压力太大
但我不会跑开

2008 年

小 实 验

从冰箱里摸出两个鸡蛋

必定有一个是主动的
被动的那个在左手,有点沉
你试着,用力试着
让它们相互搏击
先破碎的,必定是右手的那个
每次都是这样
现在,它们沉浸在碗底
再也区分不了主动与被动
你拿起一对筷子搅拌它们
你越搅越快,等到你慢下来
油锅已经不耐烦了
每次都是这样
每一口油锅都缺少耐心

2010 年

蘑菇说,木耳听

一朵蘑菇与一片木耳共一个浴盆
两个干货漂在水面上
相互瞧不起对方——
这样黑,这样干瘪

就这样对峙了一夜
天亮后，两个胖子挤在水里
蘑菇说："酱紫，酱紫……"
木耳听见了，但木耳不回答
蘑菇与木耳都想回神农架

2011 年

仿《枕草子》

鸟鸣是春天的好听，尤其是
第二场春雨后
清晨，大多数人还在熟睡
你也在黑暗中
凭声音去猜测鸟的身份很有意思
彩鹬、鹊鸲、乌灰鸫、黄腰柳莺……
水杉高过了屋顶
水杉之上还有其他事物
若是从空中往下看
即便看不清，那些摇摆着的
嫩枝也一定有趣
那些还没有来得及掉落的叶子

哀求着的生命
是很有意味的

2012 年

彩虹出现的时候

松树洗过之后松针是明亮的
河流浑浊，像一截短裤
路在翻山
而山在爬坡
画眉在沟渠边鸣叫
卷尾鸟在电线杆上应和
松树林的这边是松树
松树林的那边除了松树
还有一群站在弧光里的人
他们仰着头
他们身后的牲畜也仰着头

2013 年

欢迎来到岩子河

起风了
来了一些水花
先前站立不动的鱼漂
现在慌张不已
埋头吃草的牛
走下河堤
一个清晨就出现在对岸的男人
现在清理鱼篓
看样子收获不大
阳光没有变化
但晒太阳的人挪了挪位置
公路上的车倒是多了起来
它们一辆比一辆慢
最后陆续停下
在一阵鸡飞狗跳声中
风也停了
静悄悄的河面上一只水鸭
在静悄悄地划

2013 年

有些悲哀你不能克服

暴雨把蚯蚓冲出了泥土
无助地蠕动在地表
太阳暴晒的鱼塘里花鲢浮在水面上
你无法帮它们呼吸
被蚊子咬过脖颈的甲鱼半夜死了
发臭的空气中桐花自落
一个人记得回家的路却回不了家
雾霾如衣,穿上了就脱不下来
我看见了你永远看不清你
我看见我消逝在了
你渐渐变冷的心肠中

2014 年

无 题

花一样的蝴蝶落在了蝴蝶一样的花上
起风的时候,蝴蝶不动
风停了,蝴蝶扇动翅膀

2014 年

纪 实

拎一只腊猪蹄去菜市
请最好看的肉案女剁成块状
买一块豆腐一把韭菜回来
毛毛雨在中途落下
背书包的父母
磨蹭着不肯回家的小人儿
是否不过马路就能我行我素
路过读书院的时候我低头

看了一眼自己，我看见我
拎着四种颜色的塑料袋
走在五颜六色的人群中
而人群不过是不断溃堤的防波堤

2014 年

翠鸟的一天

河面上有一层白雾
太阳光顾岩子河半晌了
还没有散开
翠鸟站在河沿边光秃秃的野枣枝上
像一颗意外的野枣
随时准备弹向更意外的地方
从前的小河流着流着
变成了一座水库
那些清凌凌的时光仿佛不曾有过一样
但翠鸟能证明这世上并不存在幻象
它贴近水面一遍遍疾飞
就像当年站在岸边打水漂的少年
从早到晚都在努力

将一片片石头送过
越来越宽阔的河面

2014 年

树下听雨

小叶榕有四万七千片叶子
上帝数过
上帝还数过
七亿四千万滴雨水
上帝热爱打击乐
上帝
我在树下
我被蒙在鼓里

2014 年

垂向地面的枝条

三个石榴越长越大
今天我看见
它们把那根树枝拉到地面来了
它们一边拉一边害怕
附近在落叶
蝉鸣声也越来越大了

2014 年

过　　道

停放在过道里的棺材我每年都会见到
活着的人送给自己的礼物
他自己不会轻易开封
小时候我装作没有看见它
见到后装作不认识它

要么想法绕开走
当再也绕不过去时
我开始向别人打听它是什么材质做的
我记得原木棺材上蒙过一块塑料布
后来又蒙过一块油毛毡
有天午后我穿过过道时看见
棺盖上停放着一个竹编的鸡窝
一只芦花鸡蹲在窝草里
警觉地望着我
阳光将一扇窄门的影子投射在走道尽头
另外一只芦花鸡在门口探头探脑

2015 年

找信号的人

我的朋友魏天无给我讲过
一个故事，故事的主人公
生活在祁连山深处
那天他要通过 QQ 视频参加
农村生源自主招生面试
到了约定的时间

他却没有出现在视频中
事后考官们才知道他没有电脑
他当时正翻山越岭寻找手机信号
我无数次想象过这样的
镜头：一个青年举着手机
奔跑在山冈上
山顶摇晃，永远不够高
他一边跑一边对着镜头大呼小叫
再也没有更高的山了
再也没有比先前诅咒过
如今还需要再诅咒一遍的生活
更让人无可奈何的了
我曾无数次陷在这样的生活中
张开嘴巴，却一言不发

2015 年

昨天晚上到底有没有下过雨

送我春笋的人忘了带走斗笠
我隐约记得他谈起过
昨晚的雷鸣

庭院安静,树枝对称着长
每一个分叉的地方
都给阳光预留了穿梭的间隙
一个人一个晚上
究竟做几个梦合适
我使劲地想啊想
春笋靠着斗笠
我靠回忆活在这里

2016 年

放 生 池

寺庙门前的放生池里
水少,池深
几块废弃的橡木上
甲鱼驮着甲鱼
乌龟驮着乌龟
我曾经用一个下午徘徊
在这潭死水周围
杨树的影子覆盖了樟树的影子
樟树的叶子落在了杨树下

我曾经劝一个轻生的人
像我这样活着
望着燃尽的香灰
默数体内的柴薪

2016 年

当花旦年事已高

当花旦年事已高
躲在各种角落里睡觉
不再像一条狗
耳朵聋了
眼睛已经浑浊
再也啃不动大块骨头
当我说服它来到户外
晚春的风吹拂它散漫的毛
而它怔怔地望着虚空
细眯的眼睛里仿佛有泪水涌动
仿佛有一种生活
终于被看穿了
尽头不过是年幼的它

也像这样站在风中
也像这般眼泪汪汪

2016 年

拍星空的人

拍星空的人把体内的灯火都掐灭了
独自来到漆黑的户外
他在高于大地的地方找到了
一颗离自己最近的星星
然后在它附近找到了另外一群
拍星空的人有无数种表情
但在黑暗中他只是怔怔地
他一次次凑近取景框
他一遍遍按动快门
杰作是上帝创造的
但上帝并不认领
拍星空的人其实想抓拍
上帝神秘的心思——
那漫天繁星并不是为了照亮彼此
那漫天的星光中有一张脸

像一直活在身边的
某个陌生人

2016 年

写诗是……

写诗是干一件你从来没有干过的活
工具是现成的,以前你都见过
写诗是小儿初见棺木,他不知道
这么笨拙的木头有什么用
女孩子们在大榕树下荡秋千
女人们把毛线缠绕在两膝之间
写诗是你一个人爬上了跷跷板
那一端坐着一个看不见的大家伙
写诗是囚犯放风的时间到了
天地一窟窿,烈日当头照
写诗是五岁那年我随哥哥去抓乌龟
他用一根铁钩从泥洞里掏出了一团蛇
至今还记得我的尖叫声
写诗是记忆里的尖叫和回忆时的心跳

2017 年

白芝麻，黑芝麻

白芝麻比黑芝麻香
黑芝麻比白芝麻有营养
当你把它们拌在一起时
为什么我总是想
把黑芝麻从白芝麻里挑出来
把白芝麻从黑芝麻中捡出去

2017 年

左 对 齐

一首诗的右边是一大块空地
当你在左边写下第一个字
脑海里立刻浮现出一个栽秧的人
滴水的手指上带着春泥
他将在后退中前进

一首诗的右边像弯曲的田埂
你走在参差不齐的小道上
你的脚踩进了你父亲的脚印中
你曾无数次设想过这首诗的结局
而每当回到左边
总有一种意犹未尽的感觉
一首诗的左边是一个久未归家的人
刚刚回家又要离开的那一刻
他一只脚已经迈出了门槛
另外一只还在屋内
那一刻曾在他内心里上演过无数次

2017 年

滚 铁 环

我滚过的最大的铁环
是一只永久自行车的轮圈
我用弯钩推着它
摇摇晃晃地上路
八月的星空
高高的谷堆

我沿晒谷场一边跑
一边尽情想象
黑暗的尽头
当我越跑越快
铁环溅出了火花
我感觉自己已将黑暗推开
而身处黑暗中的父母
放下蒲扇
紧张地望着我
目送着我消逝
在黑暗深处

2017 年

一 杆 秤

杀牛的那天下午
我们坐在田坎上把玩一杆秤
漆黑油腻的秤杆上
有一串白色的暗淡的星星
秤钩又亮又尖
秤砣又大又沉

全村的人都来了
欢天喜地地
围着一口大铁锅
杀牛的那天下午
我们在沸腾的铁锅旁
央求屠夫
将我们每个人都挂在铁钩上
称一称
当我蜷起双腿离开地面时
我第一次知道了
自己的斤两

2017 年

树叶走路的声音

树叶在空中走动时
你不一定留心过
嫩绿是一步
枯黄是另外一步
你在树下来回奔波
直到一片叶子落下来

一树落叶在秋风中形成旋涡
你抬头时看见
天空已经发生了变化
从前长满树叶的枝丫上
落满了不知从哪里飞来的鸟
到了晚上,凌晨时分
大地上全是树叶的走动声
它们从树下跑到墙根下
它们集合又分散
像走投无路的人
走着走着
就消逝在了道路尽头

2017 年

给自己的新春祝词

窗户把阳光让进了屋子
我端来茶水,在阳台上坐下
这是慵懒的安静的冬日
新春伊始,生活中遍布睡意
我愿顺从你的指引

珍视这沉重的肉身
我愿由此获得轻逸,无碍
像涧溪之水顺从草木的牵引

2018 年

抓一把硬币逛菜市

每当感到活不下去的时候
我会立即起身
从鞋柜上的钱罐里
抓起一把硬币
去菜市场闲逛
每当我叮当作响
混迹在人群中,内心里
有一种无法抑制的快乐在涌动
这快乐近似于我小时候
摇晃着积攒的钱罐
站在榆钱树下等候货郎的身影
我在五颜六色的菜市摊旁
一遍又一遍来回走着
当硬币花光时

某种一文不名的满足感
让我看上去不是一般地幸福

2018年

空 欢 喜

左边有水杉
右边是樟木
晨光临近了
我乐在其中
我乐于靠在枕头上
怀抱另外一个枕头
想象你也是这样
扭头看着窗外的春风
一会儿蹑手蹑脚
一会儿探头探脑
如果我们都不看它
它就会使劲地
摇晃树梢直到
把一只鸟摇下天空

2018年

数 花 瓣

蔷薇的花瓣是恒定的
如果此刻你在蔷薇身边
可以试着数一数
然后转告爱过她的人
但蔷薇的叶片却不是
我见过无数的落叶和新枝
它们循环在一只花盆周围
那种死去活来的样子
你根本无法描述
有时候我会手持剪刀
走进姹紫嫣红的春天
徘徊在不甘与不舍之间
有时候我会蹲下来想一想
什么是值得我期待的
蓓蕾抿着嘴
忍受了我的絮语
她很难想象这世上的美好
居然都大同小异

2018 年

同类的忧伤

两个惺惺相惜的男人
各自拿着一把小铁铲
蹲在地球上
这是夏日的正午
连鸟雀和蝉都在午休
地球上仿佛只剩下了他俩
他们唉声叹气地
从这里走到那里
又折回到这里
蹲在围墙边的树篱下
他们开始挖
足足半个小时之后
才直起腰来
拎起一只黑色的塑料袋
正要离开
我迎了上去看见
袋子里装满了混凝土和碎石
三个惺惺相惜的男人
穿过滚烫大地

来到楼顶平台
一只空洞的陶盆外沿上兰草茂盛
盆里放着几株奄奄一息的菜苗
他们把袋中土倒进盆内
轮换着用铲子捣鼓
从平台尽头望过去
故乡只剩下了一个方位
三个男人和几株幼苗
站在夏日正午的楼顶上
如果此时有第四个人来到这里
如果有更多的人来到这里
围绕在这只陶盆旁
这算不算得上同类的忧伤

        2018 年

风吹树叶的声音

不进我屋子的风只是风声
如果没有树
它路过的时候我可能都不会察觉
现在它抱着一棵樟树摇来摇去

让两片老死不相往来的树叶
终于有机会贴在了一起
像孪生兄弟
一出生就各奔前程
我站在风的外面打量它们
我站在窗前倾听风声
我的头顶上是一台木质吊扇
整个夏天它都在转啊转
如果它停止转动了
就意味着我出门
去找我的孪生兄弟去了

2018 年

油 炸 荷 花

把新鲜的荷花一瓣
一瓣
撕下来
蘸上面粉
放进滚烫的油锅里面炸
一望无际的江汉平原

明晃晃的天空下面
采荷花的人继续采荷花
磨面粉的人继续磨面粉
油锅沸腾,你看
这些滚烫的油水
多么安静

2018 年

万 古 烧

我买了一口好锅
可以用一辈子的那种
陶土的,有松木盖的
只要天塌不下来
我就可以一直用它
煲汤,烧肉
但在更多的时候我宁愿
它就那样闲置着
像我一样空空如也
却不可测度

2019 年

跳出油锅的鱼

吃过那么多的鱼,印象最深的
却是那条没有吃进嘴里的——
它从滚烫的油锅里跳了出来
在我目瞪口呆的瞬间
鱼鳞、腮、内脏又迅速长了回去
现在我相信它完好无损地
回到了它熟悉的水域
像什么都没有发生过一样
春天产籽,夏天浮出水面呼吸
秋天到了,它仍旧会游到鱼钩附近
在不舍得与不甘心之间打旋
命运在轮回,我对此深信不疑
我深信油锅并非万能
煎熬不过是轮回的一部分

2019 年

作物的秘密

白菜的邻居永远是萝卜
青椒的周围是苦瓜和豇豆
丝瓜走亲戚路上会遇到葫芦
我兄弟领着我
一会儿像地主
一会儿像奴仆
松树看见他拎了把斧头
荆条看见我拿了把镰刀

2019 年

交　谈

天空和大地通过雨水来交谈
说情话时下毛毛雨
吵架时用暴雨和雷电

疾风中的山与山
树与树
前者孤傲
后者点头哈腰
它们都用风声来交谈
微风拂过沧桑的脸
狂风再用力抽打一遍
多年未见的亲人
隔着越来越紧张的土壤
交谈，用最诚实的方言交谈
他低声说想她
又高声说了一遍
当他哭泣时眼泪是最好的
谈资，再紧张的土壤
也有松动之时

2019 年

冰 箱 贴

做菜的间隙
我时常打量

形状各异的
冰箱贴
这些五颜六色的
小东西都是我
从各地搜集来的
代表着世界的
大和美
此生我去过人间的一部分
还有余力去更多的地方
所以需要一台好冰箱
储存足够的食物
我需要
用动物的眼睛看待
锅里的和碗里的
再用人类的目光端详
看不穿的生活
那是亲爱的皮囊
制造出来的动静
我将成全我
在明朗的人间
做一个风尘仆仆的人

2019 年

来 访 者

来访的斑鸠在窗外的
樟树上探头探脑
来访的鸽子站在窗台上
朝我的书房里面瞅
来访的风掀了掀窗帘
却不进屋
我伸出手恰好遇到了来访的手
从门外递进来的光
我握住它的时候感觉到
它正在往回抽

2019 年

钨丝的战栗

从前的灯泡比现在亮多了

从前的白日里面塞满了梦境
农具挂在墙壁上
屋檐下垂着蒜瓣和高粱穗
簸箕里摊放着辣椒和豆角
从前的风也不像现在这样吹
摇摆的灯绳来回摇摆
少年走过去扯一下
少女的眼睛就发光
从前我长时间坐在黑暗中
屏住呼吸倾听电流在体内涌动
外面的脚步声到了哪里
哪里就开始战栗

        2019 年

在景迈山深处仰望星空

连续三个晚上我们头顶繁星
活在景迈山深处
漆黑的夜色助长了星空的浩大
仿佛大地上的事物越是渺小
我们就越能够明了宇宙的结构

造物主有自己的建筑学
每一颗星星都像图钉
把它的意图钉在我们的头顶
任由我们指认
金星在缅甸闪烁
白矮星今夜在越南——
从我笔立的食指往上看
童年时给我启蒙的北斗似乎迷了路
银河两岸浪花四溅
星空越是喧哗我们越是沉默
在黑暗中保持住婴儿的动作

2019 年

菩 提

菩提树的叶子有点像
我活过了半个世纪后还能忆起的
那一张张人脸
每一张都似曾相识
菩提树的根会先往大地深处扎
然后再从黑暗中浮出来

像一些云絮盘踞，裸露
在树荫下。当我站在树下
树梢轻晃，斑驳的阳光洒满了
我蓬松的全身。而此时
方圆百里云淡风轻
百里之内的菩提树都有着
几乎完全一样的神情
如果你也像我一样
并不急于转世
就在树下多待一会儿
就会听见一颗果实坠地的声音
那么忧伤，那么悦耳

2020 年

论　　雨

雨在空中是没有声音的
我们听见的
都是大地上的事物
对雨的反应
及时，精确，七嘴八舌

雨落在树叶上
树叶打了个激灵
雨落在凉棚上
凉棚发出脆响
我听见过的最奇异的雨声
是雨落在雨上的声音
同样的命运反复叠加起来
汇成了命运的必然
有时候雨行至中途
会有风加入进来
原本要落在蔷薇花上的
结果落在了桑树上
这么多的大叶子树
和小叶子树
都在雨中跳荡
有人看见了悲伤
有人看见了欢喜
但没有人能看懂天意

2020 年

下 一 位

一个头也不抬的人
坐在长长的走道入口
木讷地重复着:"下一位。"
走道外面,长长的人列
在光天化日里蠕动
昨晚下过雨了
草木表情生动
排队的人似乎也适应了
逆来顺受,沉默着位移
我在梦中讪笑过几次
为了插队,提前去看
那些进入了走道里面的人
奇怪的是,他们进去后
就再也不见一个人出来
长长的走道究竟通向哪里
我在梦中大声质问
那个头也不抬的人
"下一位",他木讷地说道
人列并不见缩短

蠕动持续到了梦境之外

2020 年

缸 中 莲

如果不是那株莲
我不会留意到
墙角边的那口缸
如果没有那口安静的水缸
我就不会留心那天晚上
头顶有更安静的月亮
现在好了——
莲在缸中
月在水下
我在蒙昧的夜里
撑着暗黑的身体
如果不是你轻轻唤我
人间就少了一种活物

2020 年

松　　绑

绑在梭子蟹身上的绳索
足足有一米来长
打开时才发现
是一根黄色的布条
从两螯之间穿过
在八只蟹腿之间
缠来绕去
将蟹身紧紧捆住
我在水龙头下面
给它松绑
蟹眼在转动
滴溜溜的
我看见
布条上印着奇怪的字符
仔细读：
"唵嘛呢呗咪哄……"

2020 年

甘 蓝

分三顿吃完
一棵甘蓝
想一想
它可能是
我此生吃过的
最单调的蔬菜
前天凉拌
昨天凉拌
今天还是凉拌
这么艳丽的蔬菜
这么单调的生活
想起来有点不可思议
夏天就要结束了
这可能是此生
最单调的夏天
甘蓝的水渍在碗底
染红了碗

2020 年

转　　述

去东湖拍荷花的人回来
告诉我，荷花都谢了但荷叶
依然碧翠。他给我看
照片里的鸟：一只白鹤
蹲在荷叶上，正将颈项缓缓回收
两只鸳鸯背对着背在凫水
乌云从磨山那边压过来了
江鸥飞出云层像几封信笺
被梧桐树寄出去了
又被水杉树退回来
一对恋爱中的男女骑着共享单车
驶出绿道，他们岔腿撑车
站在桥拱上，他们的倒影
像两滴浓墨滴在湖面上
某种迫不及待的事物就要氤氲开来
这是初秋的一个下午
我要向你转述疫后武汉的生活
天知道这些熟悉的事物

都曾经历过什么

2020 年

我陪江水再走一程

1998 年夏天
江水溜进了我们院子
好多天滞留不去
洪水退后我们来到江边
目送远去的夏天
此后长江给我的印象
就只剩下了一个浑浊的背影
22 年过去了，这背影
时隐时现，就像我去世的父亲
时不时在梦中提醒我怎样做人
每当我以为看清了他的面容
他都会消逝得无影无踪
昨天傍晚我又陪江水走了一程
下了多日的暴雨终于有了短暂的间歇
我有一种感觉：我们都很累了
江水绵绵，一浪盖过一浪

除非我瞬间能赶到大海上去
否则我只能活在长江的背影里

2020 年

崖　柏　龟

君昶用很少的木头
为我雕了一只小龟
没事的时候我总是
用左手使劲地握着它
四年了，这只小龟
已经从崖柏转世
如果你去过神农架
如果你在神农溪边
见到这样一只小龟
请相信我所言不虚：
"每一种生活都是
险象环生的奇迹。"

2020 年

如何把紧攥的拳头掰开

人生中第一次使出
吃奶的力气
应该是在那天下午
我面对一只紧攥的拳头
试图将它掰开
我用双手拽住了
那个人的大拇指
我以为掰倒了它
他就会松手
可我用尽了力气
也只能挂在那根指头上
他的拳头依然紧攥着
我又去吃奶补充力气
我又去寻找另外一只紧攥的拳头
直到有一天我也有了
一只紧攥的拳头
我时常紧握着它
重温我在母亲怀抱里的动作
我曾经那样用力活过

紧攥的拳头里
究竟包含了什么

2020 年

航 拍 生 活

终于理解了上帝
人世间有这么多的苦
为什么他都视而不见
当无人机盘旋在我们头顶
身处沟渠中的人也获得了
全知全能的视角
一种波澜壮阔的美铺展在眼前
终于理解了美
由苦难造就
却盘旋在苦难之上
大地上并不存在废墟
人世间也没有废物
一种波澜壮阔的美
在沟渠中汹涌

2020 年

报　春　曲

会唱歌的那只鸟儿回来了
我确信，她就是
去年此时在窗外歌唱的那一只
在消逝了一年之后
她又衔着同一首歌
回到了窗前的樟树林
昨天中午我侧身静听
想到了去年的这个时候
我每天都在等待她的安慰
我确信这首歌
饱含深意——
献给未来，也献给末日
诅咒命运，又热烈地赞颂生命
看似一成不变的樟树林里
落在地上的叶子与新生的叶子
完全相等，但我确信
歌唱和唱歌不是一回事
这只歌唱的鸟儿也不是

在你窗前唱歌的那一只

2021 年

弹　　指

来到汉阳门的人
都会先在桥拱下面留下一张合影
与长江和大桥一起
江水在埋头赶路
大桥镇定如昨
我也一样,但那是三十年前
漩涡绕着桥墩翻卷
江鸥追着渡轮
一切都是那么完好
唯有我自己留意到了
当年紧握的拳头
已经在不知不觉中松开
不知不觉中身边的事物
都变成了亲密的战友

2021 年

围　　裙

我买了一条新围裙
回到家里才发现
裙带需要从背后系
但无论如何
我的双手都无法够到那里
那里需要你，而我在这里
做饭的时候我总在想
谁来帮我系一系围裙啊
谁来帮我穿好
这最后一件花衣裳

2021 年

如何在诗中吹响一支柳笛

东湖的垂柳全绿了

细嫩的柳枝在风中摇来摆去
我过去看我的倒影
如何被湖水澄清——
那是一个少年踮起脚尖
使劲拽拉折断一根柳条
那是一把小刀轻轻
划开了树皮,褪下树皮
我过去拿着一截翠绿的管子
对着空蒙的湖面
心无旁骛地吹——
我看见他鼓起的腮帮
当他使劲吹的时候
周围的人都屏住了呼吸
当他轻轻吹的时候
附近的鸟儿都应和了起来
柳枝摇摆,风轻云淡
我有过这样的过去就像
今天是今生多出来的一日

2021 年

上 花 坡

拳参、柴胡、漏芦、毛建草和麻花头……
我叫你们的时候,你们惊讶地望着我
我叫你们的时候,你们要簇拥我
紧随我去世界的尽头生活
蓝天、白云、阳光和月亮,还有风
我叫你们的时候,你们要
同时出现在这面山坡上,你们要
相互包容,彼此印证和成就
我们在世界的尽头同织一床百衲被
我们在光天化日下各做各的梦
也将因为这些梦的圆满、遗憾和残破
而丰饶,而配得上曾经受过的苦

2021 年

追 邮 差

脚踏车又叫洋驴子
驮着一个浅绿色的人
从深绿色的乡间公路上滑过去
铃铛一路响啊
油菜花一路黄
前面是漫长的坡道
那个人突然张开了双臂
仿佛一只鸟
慢慢变成了蚁
我蹲在山冈上
想用树枝给远方的我
写一封信
那一年我还不叫张执浩
那时候他们叫我张正军

2021 年

林中闪电

哪里都去不了的时候我选择
往回走,如果脚力足够
我甚至可以走回1994年
夏天的芦芽山——
在阳光也无法穿透的密林深处
闪电仍在记忆中追赶我——
一道又一道闪电,在我们身后
无声地抽打云杉和油松,而惊雷
盘踞头顶,在我们看不见的树冠上来回滚
年轻真好,但那时候的年轻人意识不到
我们只是一味地贪恋着落叶的松软
在上面弹跳、欢呼,并不知晓
这些危险的举止会带来什么
当我们从丛林深处奔涌而出
骤雨停歇,太阳破开云层
我记得临别时曾经回过头去
但是闪电已经放弃了对我们的追逐
那些一度被闪电划亮过的面孔
如今都已经黯淡了,如同

那一棵棵你推我搡的阔叶树针叶树
离开森林之后就沦为了柴火

2021 年

厨 余 论

我时常是在走进厨房之后
才想起自己是个诗人
拉开冰箱,或打开塞满干货的橱柜
我脸上浮现出只有自己才能
觉察的笑意,这笑意遗传自
我的母亲,但早已从她脸上消逝了
即便她还活着,也万万不会想到
她的小儿子会是这样一个人——
一个诗人?诗歌是什么东西?
我在永远都显得逼仄的厨房里打转
寻找着食物与食物之间的联系
其实是陆地与海洋、山川与河流
当然,更是我与你之间的关系
我深知,最高明的厨师有能力
调动他所有的味觉、嗅觉和视觉神经

甚至他的听觉系统也要服膺于锅铲
碟盘,以及油与水的碰撞和交汇
让食物与食物之间达到喜相逢的效果
我容易吗?妈妈,当你
在我背后的照片里笑着看我时
我正将版纳的松茸与渤海的海参
还有金华的火腿处理干净,妈妈
我知道你活着时所见甚少
我这就带你去看日常生活中的奇迹

2021 年

我 在

我家的按摩椅有语音对话功能
每次坐上去,当我发出
指令:"小芝,小芝。"
她就会回答:"我在。"
"肩椎按摩。"
于是有了肩椎按摩
有时候我说:"牵引按摩。"
她也会回答:"好的。"

我时常在远离按摩椅的地方
怔怔地望着户外,或者
在书房里思考着这一天
该怎样结束,突然听见
客厅里传来小芝的声音:
"我在。"
清脆的女声回荡
在空旷的房间里
有时候我以为只要她在
我就能接受这样的我

2021 年

烟 道 之 诗

我家的烟道出了故障
这些天别人家炒菜的时候
气味就会在我家乱窜
风扇怎么也无法排出
物业不来人
我又不擅长爬进烟道
查看究竟是什么堵住了它

更不可能上楼挨家挨户打听
谁家在炒辣椒肉丝
谁家在炖萝卜牛腩
每次饭后我们坐在客厅里
闻着别人家的味道
逐一排查楼上住户的习性
时间久了就仿佛熟悉了
这些平日里懒得走动的近邻
有时候我在楼下碰见某人
很想上去问一问:"昨晚
你们家是不是吃了炸辣椒?"
但终究觉得生活的趣味在于
它的私密性,就像我是诗人
但我绝不是
在光天化日下写诗的那个人

2021 年

仲 秋 絮 语

我的清晨决定了我的晚景
当我不疾不徐,端着一只满盈的茶杯

挨你坐下,听你谈论种种烦心事
我的沉默意味着
我不能给你更多。生活
不是建议的结果,生活
是面向蛛网穿过去
将一根根蛛丝理顺
我在清晨保持着先看绿植的习惯
阳台被封在屋子里,但草木仍会颤抖
感应着户外的朝阳和风气
我已经老了,但并不彻底
你看那些树叶子,那些凭借
某种意志而活着的无谓的生命
如果你看得足够仔细就能发现
它们的无畏,如果有一阵风
你还会看见它们莫名的欢喜

2021 年

无　　题

手机关了就不要轻易开启
尤其是在黎明前的黑暗中

你突然醒来，想到
自己还活着，他人应无恙
树在初冬的户外站着做梦
树叶越少，梦越固执
没有办法的事就是在黑暗中
保持着做梦的姿势
这姿势保持得越久
黑暗就越是拿你没有办法

2021 年

无　　题

餐桌尽头，一盆蝴蝶兰
已经盛开了三个多月
算得上仁至义尽了吧
昨天晚上我用花洒对它喷水
花瓣纷纷落下，钱币大小的
花瓣落满了黑色的火山石桌面
很久没有家宴了
最近我该请你来
蝴蝶兰待过的地方

坐一坐,聊一聊
这精疲力竭的生活

2021 年

第二幅自画像

读一个欢乐的故事我也有泪水
悲伤的时候悲伤莫名
悲伤的时候移开手边的放大镜
在近视与老视之间反复调试
我与你的距离。太阳也在调试
她要换一个角度去照耀
那些我们不曾见过的草木
那些活在欢乐与悲伤中间的人
每一个都如我这般
难以分辨哪一部分是欢乐的
哪一部分属于悲伤
我已经很难澄清这沉重的肉身

2021 年

谶　　言

用讣告的语速朗读一首诗
怀着歉疚，怀着宽宥
去感受所爱之人
他的出生与晚景无异于常人
但无人知晓他是如何战胜
这日复一日的平庸
鲜花很美但最后
也会开出愁容。人间的大欢喜
莫过于破涕为笑，怀着
扫地僧的平静让我
把身前身后的落叶拢到一起

2021 年

盒马送来了恩施的雷笋

每剥一片笋衣
念叨一个地名:
巴东、建始、利川、宣恩、咸丰、来凤、鹤峰……
每念一个地名脑海里就浮现出一张面孔
有时候几张面孔交叠像觥筹交错
春天了,春天啦
春天的每一次闪念都是
一声惊雷,怀着巨大的隐忍

2022 年

三月的最后一个下午

三月的最后一个下午
我洗好了四月要穿的衣服
泡一杯利川红,挨窗坐下

窗外在发芽,或开花
我已经准备好了
周身再无挂碍之物
一切都是诗,任何悲喜
都可以轻松找到我

2022 年

钥匙放在鞋柜里

亲爱的老王
你 9 月 15 日凌晨发给我的短信
我 11 月 28 日下午才看到
"钥匙放在鞋柜里。"
显然是你酒后发错了人
幸好不是别人,幸好
那天晚上我已经睡了
不然你们喝酒的时候
你家里发生什么我百口难辩
也是这条短信提醒我
千万不要把钥匙放在鞋柜里
人人都爱做的事

往往充满了危险
幸好你我都在危险的边缘苟活
至今,至今还有一把钥匙
可以在这个世上找到寄存人
即便是在酒后
下意识里还有些微的理性

2022 年

无　　题

剥开莲子看见一瓣
小小的绿,这可能是我
仔细瞧过的最不起眼的绿
也是我仔细品尝过的
最清淡的苦,无味之苦
取一只玻璃碗,倒入清水
将剥下的莲心放进水中
让它们安静地漂浮或下沉
倘若这样的安静我也无法忍受
那就轻轻地摇一摇脑海里的
那些消逝了又重现的

美好生活的残留物

2022 年

诗歌的样子

我不太相信
诗歌是你们说出的样子
也不敢相信诗歌
是我已经写出来的样子
诗歌是个谜,我猜
冰山的下面还是冰
上帝把纯白浸泡在纯蓝里
让生活显得像
一杯无法摇晃的酒
我们只能凑过去喝
杯子是杯子,杯子也是
酒的一部分。如果让我
继续猜:诗歌也许是
那只捕猎归来却两手空空的
母老虎,她又累又饿
老远就听见幼崽们的叫唤了

她回过头去望望身后的原野
又回过头来想一想
该拿什么安慰你们
诗歌应该就是我们
在那一时刻
在那只老虎的脸上
见到过的那种神情

2022 年

无　　题

从敞开的烟盒里抽一支烟
结果另外一支率先跳出来
落到了桌面上
我只得把露出半截的那支
重新塞了回去，有时
我甚至会在心里默念：
"耐心点。"都是灰烬
但是，在化为灰烬之前
我们姑且称之为香烟
有时候，遇到这种情况

我甚至会换上火柴
而非打火机。我会
慢慢划燃一根火柴
在硫黄味飘散之后
再去点燃这支烟,同时
还瞟着烟盒里的那一支

2022 年

无　　题

从天上跳下来的雨被水接住了
许久没有见过雨的水库
整个夏天都在收缩
钓鱼的人沿着平缓的库堤
朝大坝深处走去
走到水边,回望
又高又远的蓝天
恍然感觉自己是
从天上下来的人
如果水面继续缩小
他会放弃垂钓的念头

化身成希望被捉走的鱼
如果他发现干涸的库底
其实没有鱼,那么请允许
他赞美这人生的徒劳

2022 年

月亮越来越远了

月亮越来越远了
科学家给出的数据是
每年离开地球 38 厘米
网上有很多人在争论
我上去看了看又下来
今天晚上我仍不放心
又上去看了几眼
月亮还在昨晚的那个位置
两棵水杉之间
一扇通宵不关的窗子
从前我在灯光下做填空题
现如今我在灯光下发呆
严肃的表情里有着

显而易见的空虚

2022 年

春天里的口技

再好的口技也还原不了
凌晨五点十分的鸟鸣
那样慵懒,那种娇嗔像女生
在梦的床沿被父亲叫醒
五点十五分……五点二十分了
五点半的时候,春风下地
带走了昨晚落下的香樟树叶
鸟鸣声渐渐稀疏,远遁
桌上的牛奶蒙上了一层奶皮
父亲站在阳台上吹着口哨
应和树杈间跳跃的灰背鸫
他有很好的口技却终究唤不出
黎明前飞走的那些鸟儿

2023 年

剜 土 豆

我用一把久违的小刀
轻轻剜刮着面前的这堆
恩施的小土豆,它们
凸凹不平的皮肉让我想到
它们在土里的生活:
在山坡上,或山坳里
被石头或树根挡住了生路
无可奈何又不肯放弃
索性逆来顺受,长成了这般
奇形怪状:要么坑坑洼洼
要么七拐八弯,没有一个
是圆满的,没有一个
不饱含成长的辛苦和软糯
时至今日,我终于学会了
如何使用这把小刀,从前
我只用它削水果,而现在
我可以让刀尖精准地探入生活的
底部,并获得长久的满足

2023 年

微　凉

立夏之后天气依然微凉
这是今年不同于往常的地方
树在窗外，新鲜的枝叶
摇摆着伸过来，几乎是
为了把我拉过去
每天我就这样隔着栅栏练习
试着把手臂伸向你，递给
那些熟悉又新鲜的事物
感受它们的喜乐
四月百花开
五月只欠一个拥抱

2023 年

这首诗写给白杨或水杉

赞美水杉的时候也要赞美白杨
不然他们会说你忘了故乡
赞美玉米的时候别忘了赞美黄豆
不然玉米疯长而黄豆歉收
赞美江汉平原的辽阔,无论你走到
哪里,都身处白杨或水杉树下
无论我们怎么活,都活不过
这些有名有姓的作物

2023 年

一首诗的初衷

倘若你能看懂那个婴儿
吃奶的表情,他紧握粉拳
蹬踢着莲藕腿,一只眼睛

眯着，另外一只圆睁
充满了对爱抚的戒备
倘若你能理解这位母亲
脸上的疲惫和内心的柔情
她侧身喂奶的样子像圣母
只有在记忆里才会清晰
至今你还记得她
云絮状的容貌
一棵夏日的苦楝树下
树叶细碎，楝果密实
他们衣衫不整，坐在
一块巨大的倾斜的磨盘上
蝉鸣声压弯了身后的竹林
风吹稻浪——倘若你能够
回到那个夏天，就理解了
我写这首诗的初衷：什么人
会在一首诗结束的地方哭

2023 年

在兴隆,和笑忠观鸟

再也无法拉近的镜头里
出现了一只水鸟
再也无法放纵的身体
屈从于闸门。平静的
上游结束了,被迫
改道的汉水在这里
换上了顺应的姿势
从钢铁般森严的现实中
倾泻而出,带着哀嚎与嘶吼
而水鸟一动不动像一块
生锈的铅铁完成了自我造型
镜头不可能拉得更近了
因此我们无法更清楚地看见
它的命运:一只水鸟无名无姓
忠实于天空和这片水域
我有一种预感,亲爱的老余
我有一种越来越强烈的好奇心
此刻,它正怂恿着我
去生命的下游一探究竟

2023 年

在清江峡谷

每次看到一个人
独自走在高高的
山坡上
我就忍不住
想大声喊："喂——"
但每一次，话到嘴边
又滚落胸腔
山路弯弯，一个人
埋头走在半山腰上
不疾不徐好像不属于人类
看样子他此行的目的
只是将佝偻的身体
送上山顶。我一次次
强忍住喊他的欲望
我们中间隔着沟壑和草木
如果我真能喊出声来
这面山谷或许就能盛下
我内心深处的山高水长

2023 年

花 在 笑

诗歌不讲道理因为
"诗"——这个字
生来就有反骨
带着嘲讽，和
最不可思议的爱
活在无望中
像阳台上的那盆狗牙白
开了又败，败了
又开，直至荼蘼
你不能说它痛苦因为
你靠近它的时候
它总是在笑，那笑容
带着嘲讽，和
最不可思议的爱

2023 年